COLLECTION FOLIO

Tuomas Kyrö

Les tribulations d'un lapin en Laponie

Traduit du finnois
par Anne Colin du Terrail

Denoël

Titre original :

KERJÄLÄINEN JA JÄNIS

Éditeur original : Siltala, Helsinki.

Tuomas Kyrö est né en 1974. Journaliste, écrivain, dramaturge, il vit à Helsinki où il se consacre à l'écriture. *Les tribulations d'un lapin en Laponie* est son premier roman traduit en français.

Chapitre premier

où l'on découvre comment Vatanescu part travailler à l'étranger, dit adieu à sa sœur et fait un barbecue

Il y aurait bien sûr eu d'autres possibilités, notre héros aurait pu voler des voitures, récupérer le cuivre des câbles téléphoniques ou vendre un de ses reins. Mais de toutes les mauvaises solutions, celle que lui offrait Iegor Kugar était la meilleure. Elle lui assurait un contrat de travail d'un an, le transport jusqu'au théâtre des opérations et un emploi pour sa sœur, avec en prime de nouvelles dents et des implants mammaires.

Vatanescu laissa un mot à son ex-femme, promettant de lui envoyer l'argent de sa pension alimentaire dès qu'il aurait constitué un petit pécule. Après leur divorce, ses relations avec la mère de son fils Miklos s'étaient quelque peu envenimées. Au point que le pus giclait, malgré leur bonne volonté réciproque. Mais quand l'amour s'éclipse, le vide est vite comblé par la jalousie, la rancœur, la vengeance, les jérémiades et l'entêtement.

Vatanescu s'assit sur le bord du lit où dormait sa mère, avec Miklos au creux de son bras.

Sans le réveiller, il lui ôta sa chaussette droite et, à l'aide d'une craie de couleur, traça soigneusement sur une feuille de papier le contour de sa plante de pied.

Tu auras tes chaussures de football.

Papa va t'en acheter.

Le Combi VW piqueté de rouille partit vers le nord. La boîte de vitesses protestait dans les montées, les freins jetaient des étincelles dans les descentes, les passagers se cramponnaient à l'arrière. Le véhicule avait le même âge que le football total des Néerlandais et que Vatanescu. Il avait, plus précisément, été fabriqué l'année même où ce dernier avait entrevu une lueur de liberté. L'unique chaîne de télévision de son pays natal passait en effet tous les soirs le même discours dictatorial, mais, un jour, le cérémonial avait été interrompu par une brève image des Monty Python. Que s'était-il passé, d'où sortait le gag jubilatoire du ministère des Marches ridicules ?

Vatanescu tétait le sein de sa mère, Nadia, qui avait les yeux rivés sur l'écran, et avec son lait une goutte de monde libre, libre de déraisonner, avait coulé en lui.

Vatanescu prit la main de sa sœur qui dormait à l'arrière du camping-car.

Si je pouvais, je te protégerais.
Je dois d'abord m'occuper de moi.
C'est toujours toi qui m'as protégé.

Klara Vatanescu avait hérité du caractère de sa grand-mère Murda. Efficace et autoritaire, dans d'autres circonstances, peut-être, robuste nomade ou ministre des Affaires étrangères, elle n'était, dans cette unique réalité qui était la sienne, que la plus pauvre des pauvres, assise sur son seul bien monnayable. Vatanescu, incapable de trouver le sommeil, regardait défiler par la petite vitre de la portière des clochers étrangers et des villages lointains peuplés d'inconnus qui avaient des poêles en teflon, des décodeurs enregistreurs, des moments réservés aux repas, à l'école, au sexe, des projets d'avenir, des crédits immobiliers, des rendez-vous chez l'orthodontiste pour leurs enfants, un âge de la retraite, une concession funéraire, des épitaphes, des fleurs sur leur tombe et tout le tremblement.

Vatanescu ouvrit une boîte de conserve. Le contrat de transport conclu avec Iegor Kugar comprenait la pension complète, autrement dit des hamacs et du corned-beef. Une date de fabrication était indiquée sur le fond des boîtes, 1974, et un pays, SWE. Elles avaient été destinées, à l'origine, à la survie des rescapés de la guerre atomique, mais, pour le malheur de leur propriétaire, cette dernière n'avait jamais eu lieu. Les conserves avaient vieilli dans une Suède sans armement nucléaire, et l'armée avait fini par les revendre au fournisseur à qui elle les avait achetées. Celui-ci les avait refourguées au syndicat international du crime, qui en nourrissait ses intérimaires. Le corned-beef dévala l'œsophage de Vatanescu jusque dans son estomac, où il resta à fermenter et à provoquer des crampes suivies de flatulences.

Des avions décollaient et atterrissaient quelque part au loin quand Klara descendit du camping-car au lever du soleil. Vatanescu entendit à travers la fine paroi de tôle un moteur de voiture de luxe tournant au ralenti et s'approcha de la fenêtre. L'un de ses compagnons de voyage, Pudas, se plaignit de l'odeur qui flottait dans le Combi, si épaisse qu'on aurait pu la couper avec l'ouvre-boîtes utilisé pour le corned-beef.

Tu peux bien supporter une odeur de pet.

C'est ma sœur qu'on me prend.

Ils se trouvaient dans un terrain vague. À côté d'une Mercedes se tenaient de jeunes hommes que l'on doit, en toute honnêteté, qualifier de blaireaux. Lunettes de soleil, jogging à pressions comme en portaient dans les années quatre-vingt-dix les désœuvrés traînant aux abords des baraques à frites, cheveux plaqués par des tonnes de gel. Ils cherchaient à avoir l'air de gangsters de cinéma — sans succès, car leur véritable nature, leur identité et leurs problèmes transcendaient les frontières. Des petits trafiquants polonais, des tortionnaires radiés des cadres de l'armée ukrainienne, d'anciens harceleurs de cour de récréation venus du Turkménistan, des

Albanais victimes de brimades dont la vie avait fait des brutes.

Vatanescu vit l'un des blaireaux ouvrir la portière de la Mercedes. Klara se pencha vers la banquette arrière, et il se rappela le jour où il avait appris à nager.

Je ne sais pas nager, ne me lâche pas. J'ai peur de l'eau ! Mais… mais… je nage. Je nage !!!

Il appuya le bout des doigts sur la vitre, la Mercedes partit de son côté, Iegor Kugar remonta dans la cabine du camping-car. On l'entendit fouiller dans ses cassettes et, un instant plus tard, la musique de Scorpions retentit.

Les bons souvenirs restent-ils bons dans les mauvais moments ?

C'était comme si le Combi avait fendu le ciel sous des nuages bas, au-dessus d'une mer houleuse où naviguaient des bateaux chargés de conteneurs remplis de biens et de marchandises, et qu'on ait vu à la jumelle les marins originaires des Philippines, de Vestersund ou de Kotka gagner leur pain du lendemain, autrement dit les intérêts de leurs crédits, ou une grande bouteille d'Absolut, ou le montant de leur pension alimentaire, ou les mille euros nécessaires pour emmener les leurs en vacances en Thaïlande. Avant, seuls les pervers fréquentaient les plages de ce pays, maintenant c'étaient les familles.

Les portières du camping-car s'ouvrirent, Pudas et Tadas furent priés de débarrasser le plancher. Du balai ! Leur travail les attendait, dans un tunnel de métro d'une banlieue de Stockholm où opérait déjà une avant-garde de SDF finlandais de l'ère précubitainerienne.

Il ne restait plus dans le Combi que Vatanescu et Iegor Kugar, assis côte à côte en silence à l'avant. Le GPS indiquait les files à choisir et les rues où tourner aux carrefours, destination le quai d'embarquement d'un ferry pour la Finlande, sur le pont-garage duquel ils laissèrent leur véhicule.

Ils s'engagèrent dans les coursives d'un monde baptisé VIKING LINE et descendirent par un ascenseur bondé vers les cabines les moins chères.

Les couchettes se faisaient face et les rideaux que Vatanescu écarta, côté mur, ne masquaient qu'une absence de hublot. Il n'y avait pas non plus, dans la prise de possession des lieux par les deux hommes, cette attente mêlée d'excitation sexuelle que se rappelle tout lycéen ayant participé avec sa classe à une croisière sur un ferry. Sans doute ne connaîtraient-ils pas non plus l'épuisement consécutif à l'aventure, ni la frustration d'en être revenu toujours puceau.

Iegor Kugar alluma une cigarette juste sous le panneau d'interdiction de fumer, ôta ses chaussures et s'étira un moment les chevilles comme toute personne normalement constituée, tel un compagnon de cabine inconnu ayant ses bons côtés, malgré ses dehors brutaux. Vatanescu s'assis sur son lit, tâta le matelas sous ses fesses.

Des draps propres.

Une housse de couette.

Le ferry s'écarta du quai dans un grincement accompagné d'un lointain grondement de moteur et du rire attisé par les canettes de bière des jeunes des deux sexes de la cabine voisine, rauque et cristallin. Iegor Kugar échangea son jogging de marque contre un costume de marque et vérifia son allure dans le miroir, sans que cela change en rien sa mine d'imbécile mortellement dangereux.

Il déclara qu'il avait un rendez-vous d'affaires sur le pont supérieur et rappela à Vatanescu les clauses en petits caractères de son contrat de transport et de travail : s'il quittait la cabine, il était mort. Il le tuerait de sa main, précisa-t-il en montrant l'arme dissimulée sous son aisselle.

Est-ce que j'ai l'air d'avoir besoin d'être menacé ?

Je n'ai même pas les moyens de m'offrir un café.

Comment aurais-je les moyens de m'opposer à un Russe à l'oreille coupée ?

Vatanescu avait toujours eu des problèmes avec l'autorité, à l'école, ses yeux pétillants passaient pour ceux d'un chenapan. Au fil du temps, leur éclat s'était éteint, de gré ou de force. Le petit garçon était devenu un homme et rares sont ceux dont les yeux pétillent encore à trente-cinq ans. Son père agitait une badine quand le petit Vata faisait des bêtises, autrement dit manifestait sa nature profonde, qui était de démonter et de réassembler les choses. Il n'arrivait cependant pas à se résoudre à frapper son fils et jetait sa badine dans le feu de camp, puis lui offrait un gobelet de café fumant et de la couenne de lard grillée au bout d'une pique, délice suprême que l'on ne sait plus apprécier dans les pays du Nord où l'on ne doit pas voir que la nourriture a un jour été vivante.

Sa mère lui tirait les oreilles et lui distribuait des gifles, même si elle l'aimait sûrement et savait que l'étincelle de ses yeux n'exprimait que sa soif de vivre.

À peine l'ascenseur d'Iegor avait-il tinté que Vatanescu sortit dans la coursive. Un instant plus tard, il était assis dans un fauteuil tournant du sixième pont. Cliquettements de bouteilles de la boutique hors taxe, bruits électriques et tintement des cascades de pièces des machines à sous, chuintements, sifflements, cris et braillements des enfants. Vatanescu ne prit pas garde à la division claire comme une bouteille de vodka sortie du congélateur qui régnait sur le bateau, dont deux sortes de gens arpentaient d'un pas vif ou lent la moquette. Les uns aux jambes courtes, la mine grave, le nez en patate, dont les enfants ressemblaient à leurs parents. On les appelait les Finlandais. Les autres aux jambes longues, la mine joyeuse, le nez droit, dont les parents ressemblaient à leurs enfants. On les appelait les Suédois.

Vatanescu fit tourner son fauteuil. Devant lui passaient des femmes sous-alimentées dont la marmaille pesait cent kilos, s'essoufflait dans les escaliers, buvait de la limonade et ne leur donnait que des ordres. Vatanescu prit de l'élan du bout du gros orteil, son fauteuil fit un nouveau quart de tour. Des restaurants, des discothèques, la boutique hors taxe. Il se leva pour regarder la mer. Le soir tombait. Des vagues frangées de blanc, les lumières de l'archipel. Et lui, ici, à bord de ce bateau qui ressemblait à un croisement de galerie marchande et d'architecture de banlieue.

Profitant de ce que le maître d'hôtel examinait la liste des réservations, Vatanescu se glissa derrière son dos dans le restaurant proposant un buffet à volonté et empila dans son assiette la même chose que les autres. Des salades à la mayonnaise, du saumon sous toutes ses formes, des viandes, du jambon, des saucisses.

Il s'assit à la première place libre venue, en face d'un vieux couple, Pentti et Ulla ou Holger et Agneta, pourquoi les classer dans l'une ou l'autre tribu, car plus que leurs noms, c'était leur regard qui comptait. Ils piquaient des petits pois avec leur fourchette et arboraient un doux sourire, conscients du sens de leur vie et de leur mort prochaine. Ils n'existaient que pour être ensemble, quand l'un s'en irait, l'autre ferait ses bagages et le suivrait. Là, aujourd'hui, ils étaient la somme de leur voyage et de leur passé, de tous les jours qu'ils avaient connus depuis le printemps 1938. Leur bonheur payé de leur vie se cristallisait dans leurs crevettes, leurs tranches de rôti et leurs petits verres de vin rouge.

Miklos se servirait en premier de saucisses. Il se rappellerait des années plus tard combien il en avait mangé.

Du ketchup et encore du ketchup. Il me remercierait du regard et je lui assurerais que nous avions tout le temps de retourner à la cabine en passant par la salle de jeux des enfants, le simulateur de course automobile, la boutique hors taxe.

Après les rations de survie suédoises de la guerre atomique, l'estomac de Vatanescu ne supporta pas la surabondance de nourriture pan-nordique. Les réserves de protéines trop rapidement reconstituées de son corps et de son esprit se videraient dans quelques minutes en un flot de diarrhée. Avant de courir à sa cabine, Vatanescu fit un signe de tête poli à Pentti et Ulla ou Holger et Agneta.

Si Iegor Kugar avait soufflé dans le ballon, le résultat aurait été d'environ 1,5 gramme. C'est pourquoi il demanda à Vatanescu s'il savait conduire. Celui-ci hocha la tête, conscient que moins on parle, moins on dit de bêtises.

Au volant du Combi, il roula doucement de la gueule du bateau vers la clarté du dehors, dont il se sentit aussitôt comme exclu. Suivant les instructions d'Iegor Kugar, il choisit la ligne verte, rien à déclarer, rien à raconter, mais beaucoup à cacher et de grosses difficultés à passer de seconde en troisième. Iegor entra une adresse dans le GPS, qui annonça que la destination se trouvait à un peu plus d'un kilomètre. Pentti et Ulla ou Holger et Agneta sortirent derrière eux des entrailles du ferry. Dans une Nissan Primera éternellement révisée en temps et en heure qui, tout comme le conducteur et le passager, savait où ils allaient. Si le cœur de Pentti lâchait, la voiture le ramènerait malgré tout jusque chez lui, dans un village de campagne, dans une maison chauffée au fioul dont aucun meuble n'avait bougé depuis les Jeux olympiques de Helsinki. Seul un magazine féminin passait chaque semaine de la table de télévision à la pile de vieux journaux entourée d'une ficelle que l'équipe de football junior venait ramasser pour toucher la prime de recyclage.

Vatanescu roulait dans des rues qu'il ne connaissait pas en compagnie d'un homme dont il ne savait rien. Le soleil filtrait à travers le pare-brise sale, il avait du mal à voir les feux et, concentré sur eux, il en oublia le reste.

Un lièvre bondit soudain au milieu de la chaussée.

« Accélère, écrase-le, tue-le ! » cria Iegor.

Vatanescu donna un coup de volant en sens inverse, le lièvre disparut et il ne resta que la fureur rentrée d'Iegor Kugar face à celui qui avait osé désobéir à ses ordres.

On n'écrase pas la vie, on la contourne.

Au coin d'une rue, entre le musée des Beaux-Arts et un immeuble sur la façade duquel courait un étrange boudin, Iegor éjecta Vatanescu de la voiture, lui jeta un bout de carton et un gobelet à café vide et le briefa rapidement sur son nouvel emploi.

Pas question d'arrêts de maladie, de congés payés ou d'allocations de chômage. Iegor était partisan des méthodes américaines, Vatanescu ne pouvait plus compter que sur lui-même. Le regard rivé au sol pendant les heures de travail. Une mine et une attitude de chien battu. Un sourire sur le visage d'un mendiant lui ôte toute crédibilité, ce qui se traduit par une baisse du flux de trésorerie. Suscite des sentiments de pitié et de culpabilité, tu obtiendras la charité. La charité, c'est de l'argent. Elle est au cœur de la religion protestante et de la mollassonnerie social-démocrate. Le seuil d'apitoiement des habitants des pays nordiques est si bas que la monnaie de leurs poches leur pèse comme un poids mort.

« Nous allégeons leur fardeau, conclut Iegor. Le donateur y gagne une bonne conscience, moi soixante-quinze pour cent, toi vingt-cinq. »

Le texte rédigé sur le bout de carton décrivait les tristes conditions de vie du mendiant, ses malheureux enfants, sa foi profonde et ses modestes objectifs. Iegor expliqua que l'on avait besoin d'histoires, qu'elles insufflaient une âme aux articles de vente sans vie et sans passé. Elles rapprochaient le produit du client, de l'acheteur et du donateur.

« Tu te carres ton sourire dans le cul et tu ne bouges plus un cil. »

Vatanescu trouva tout de suite la pose douloureuse, il avait du mal à garder le dos droit. Le temps s'étirait, les minutes duraient des heures et les heures des vies entières. Des pièces tombaient de temps à autre dans son gobelet en carton. Il aurait voulu sourire et remercier, mais l'idée était d'avoir l'air inexpressif, triste et apeuré. Le mieux étant de paraître, si possible, d'une laideur émouvante.

À l'approche du soir, le crépuscule venu, Vatanescu commença par dodeliner, puis piqua du nez, tomba dans une semi-torpeur et sombra pour finir en ronflant dans un sommeil paradoxal où lui vinrent des images dont il ignorait l'origine. Des bûcherons, des flotteurs de bois, des constructeurs de pont, un autocar plein de candidats au suicide. De rudes hommes du Nord pour qui tout était possible à condition de se montrer coriace, inventif et intrépide. Il fut tiré de ce rêve étrange par un aboiement d'Iegor lui annonçant qu'il venait de passer sa pause-repas à dormir.

Pour sa première journée de travail officielle, le mendiant roumain Vatanescu avait gagné cinq euros quatre-vingts, une voiture miniature et quatre mégots. En prime, il avait souffert de froid, de faim et d'ankylose. Il replia son bout de carton, fourra son argent dans une poche et sa sébile dans l'autre. Il avait aussi le planning, la carte de la ville et les horaires de tramway fournis par Iegor.

Le plan du métro ne comportait qu'une ligne droite et Vatanescu trouva son logement de fonction avant minuit. Un terrain balayé par les vents, la caravane numéro trois et là, palpitant quelque part au milieu d'un air épais et lourd de sommeil, la lueur incandescente d'une cigarette. Il posa son sac et le reste de ses boîtes de conserve sur une couchette libre et dormait déjà quand le fumeur déclara s'appeler Balthazar.

Vatanescu secoua sur le sable ses dernières gouttes d'urine matinale et fouilla dans sa mémoire pour comprendre où il était et pourquoi. Quels étaient les événements qui resteraient du domaine du rêve, quels étaient ceux qui se réaliseraient. Il regarda autour de lui : des caravanes, des raccordements électriques hasardeux, une cabane et un barbecue boule. Dans un tonneau brûlait un feu sur lequel chauffait une bouilloire, la silhouette de la ville se dessinait à l'horizon. Balthazar se tenait aussi là, loin de l'image donnée par sa seule voix, sous son apparence réelle de vieillard manchot et unijambiste.

Il répondit à la question que Vatanescu n'avait pas posée — son bras et sa jambe étaient restés quelque part en chemin, comme nous laissons tous quelque chose de nous, l'un sa montre, l'autre son cœur, un troisième son manteau au vestiaire. Puis il lui mit dans les mains une pile de journaux et lui expliqua la nécessité de superposer plusieurs couches. Il fallait fourrer sous ses vêtements tellement de papiers et de cartons qu'on avait du mal à bouger. Les toilettes des fast-foods étaient idéales pour se réchauffer, mais les hommes de main d'Iegor rapportaient à leur chef toute absence non autorisée. Le règlement prévoyait une pause-pipi par jour et si on y dérogeait, on était bon pour porter des couches. Avec de l'argent, on pouvait s'acheter de la laine, du molleton et du duvet, mais s'ils se voyaient sous vos guenilles, ceux qui vous faisaient l'aumône se sentaient floués. Un mendiant ne pouvait pas se permettre de fautes de goût ou d'anachronismes, on ne devait pas voir pointer des Manolo Blahnik, ni même des baskets de marque, sous la jupe rapiécée d'une clocharde.

Vatanescu prit le métro, emprunta des escaliers mécaniques, s'assit à son poste de travail. Ce jour-là, et pour longtemps, il pleuvait, l'automne était là, ce qui était synonyme, à la campagne, d'un air pur, d'une débauche de rouges et de jaunes et de tas de feuilles mortes brûlant dans les jardins. Et en ville, de plus de froid, d'humidité et de grisaille. Vatanescu tenta de faire le vide dans son esprit, mais des images, des passants ou des bruits ne cessaient de le ramener à la réalité.

Si on fait abstraction des douleurs aux genoux, de l'envie de pisser, du mal du pays et de la honte, ce métier est le plus ennuyeux du monde. Un travail à la chaîne dans lequel ce ne sont ni la chaîne ni le travailleur qui bougent, mais le monde. Combien d'ouvriers du bâtiment aiment-ils ce qu'ils font ? Combien de porteurs d'attaché-case et de femmes en tailleur ?

Ils font leur part pour avoir leur part.

Ne t'en fais pas, Miklos, tu auras tes chaussures à crampons.

Quand une pièce tombait, il fallait exprimer sa gratitude par un infime hochement de tête. Pas un mot, et surtout pas en anglais, conformément aux instructions d'Iegor. Il fallait s'en tenir à son rôle, celui d'un homme originaire de nulle part, qui ne comprend ni ne sait rien. Rester à distance de bras, maintenir l'écart entre deux civilisations. Le mendiant et son bienfaiteur devaient rester étrangers l'un à l'autre. Tout rapprochement entraînerait une intégration, une compréhension mutuelle et une solution. Mauvais pour le bizness.

Des passants interchangeables, dont pas un ne s'attardait. Un enfant pointa Vatanescu du doigt et demanda « c'est quoi ça ? » à ses parents, qui pour toute réponse le tirèrent par la manche. Un homme entre deux âges lui cracha dessus. Une vieille femme le bénit et lui tendit une publication religieuse.

En moyenne, le salaire journalier net était d'un euro et demi, dont les deux tiers allaient à Miklos. La faim le tenaillait. Pour cinquante centimes, on ne pouvait guère s'acheter dans les magasins du centre que deux rouleaux de réglisse. Qui a faim a tout le temps froid et qui a froid s'enrhume. Et qui souffre de la faim, du froid et d'un rhume est d'une efficacité lamentable. L'obscurité se fait de plus en plus pesante, la tête se remplit d'idées noires.

Comment peut-on vivre dans un climat pareil ?

Le vent du nord est une torture. L'humidité glacée transperce la peau.

Vatanescu avait calculé que les rations de survie de la guerre atomique lui dureraient un mois, mais Balthazar, un beau jour, les avait finies. Il déclara en guise d'excuse qu'il n'avait aucun contrôle sur ses mains et sa bouche, jamais il n'aurait avalé une merde pareille, sinon.

La faim, l'alpha et l'oméga de tout. Assis dans le métro zonzonnant, Vatanescu fixait un enfant, à quelques sièges de lui, et surtout le hamburger qu'il croquait.

Au moment même où il allait se précipiter sur ses frites, la rame s'arrêta à une station à ciel ouvert, d'où il aperçut une benne à ordures dans l'arrière-cour d'un immeuble.

Il descendit et se dirigea vers la benne dont des gens escaladaient le bord pour en sauter quelques instants plus tard sur le trottoir, des sacs en plastique pleins à la main. Vatanescu y grimpa lui aussi. C'était comme un monde en chocolat trouvé au fond d'une sombre forêt dans un film pour enfants. Du filet de bœuf, des saucisses, des jus de fruits, du lait, du jambon, du pain, des flocons d'avoine. Et aussi des épices, d'étranges tartelettes de seigle garnies de porridge de riz, des bonbons et des préservatifs. Tout cela jeté à la poubelle parce que la date du jour était la même que celle indiquée sur l'emballage.

Vatanescu se fit chasseur et cueilleur et, le soir, mit à griller sur le barbecue boule un kilo et demi de collier de porc nourri aux céréales. Avec Balthazar, il découpa la viande, émința des poivrons, ajouta de la crème et épiça le tout comme seuls savent le faire les héritiers d'une riche tradition culinaire. Ils mangèrent en silence, saucèrent avec des croûtons de pain blanc les restes de gras et de jus de leurs assiettes en carton et sourirent. À ventre plein, esprit serein. En avant pour la fournée suivante, et bienvenue aux copains !

Les boissons de la fête du cochon provenaient d'un bateau de croisière. Balthazar avait en effet remarqué que les passagers débarquant d'Estonie avec de l'alcool étaient particulièrement négligents — et c'est ainsi, derrière un pilier du terminal du port, qu'il avait mis son unique main sur trois cubitainers de nectar rouge et blanc.

L'ivresse exacerbe les sens et dilate le temps, et Balthazar et Vatanescu remplirent donc tranquillement, encore et encore, leurs gobelets de mendiants, causant d'abord de choses sans importance, puis peu à peu de sujets plus graves. Balthazar évoqua les néonazis hongrois qui l'avaient rossé à coups de batte de base-ball, et une personne âgée, au Danemark, qui avait laissé tomber dans sa sébile de quoi vivre une année entière, sans contrepartie ni explications. Il parla de sa famille, qu'il n'avait pas vue depuis si longtemps qu'il ne savait pas si elle était encore en vie, ou si sa femme avait un nouvel homme pour changer les ampoules.

Le feu crépitait, le vin réchauffait le ventre et l'esprit de Vatanescu. Balthazar marmonna que, de tous les êtres au monde, celui qui lui manquait le plus était sa mère, cette horrible vieille pute avec qui il ne cessait de se disputer.

Tous les jours, mon fils apprend des choses dont je devrais être témoin.

Tous les jours, il y a des choses qu'il n'apprend pas parce que je ne suis pas là pour les lui enseigner.

« Ne fais pas de ta vie un problème romantique, déclara Balthazar. Ce ne sont pas les motifs de râler qui manquent. Même les propriétaires d'immeubles de pierre de trois étages trouvent à se plaindre, tout comme les premiers ministres, les consultants et les leaders charismatiques. »

Sur ce, il ouvrit un paquet de boulettes de viande. Puis il remit des steaks à griller, avec des poivrons et du beurre additionné d'épices.

Balthazar craignait que ses pérégrinations de mendiant ne le ramènent plus jamais chez lui. Il était parti pour la première fois en mission à l'étranger au début des années quatre-vingt-dix, dès que les frontières s'étaient ouvertes, ou, plus exactement, dès que l'amenuisement des débouchés professionnels et la réduction des aides de l'État l'avaient contraint à les franchir. Il s'était toujours dit un automne, un hiver et un printemps ici, et je rentre chez moi. Mais ce n'était pas le moment de pleurer là-dessus, aujourd'hui on fêtait les récoltes.

Quelqu'un sortit un accordéon et Balthazar joua la *Polka de Mad Solsky*, puis la coda d'*Un été de larmes*. Il joua et joua, jusqu'à ce que Vatanescu soit trahi par sa mémoire et lui par sa jambe et qu'ils roulent sur le sable, se tenant par le cou, au milieu du terrain vague chamboulé par la ripaille.

Chapitre deuxième

où l'on apprend dans quelles conditions le solitaire trafiquant de drogue et d'êtres humains Iegor Kugar a passé son enfance et perdu son oreille

Iegor Kugar était un professionnel des services de renseignement qui avait commencé sa carrière en URSS. Cette union artificielle avait ensuite fait faillite, mais ce changement n'avait eu aucune incidence, du moins négative, sur sa vie et ses activités. Les régimes tombent, la police politique reste. C'est elle le cœur du système. Du point de vue du métier de Kugar, le carambolage mortel des bolchos avait été plutôt positif, car il avait amélioré la situation du marché. Une politique intérieure mouvante et un vide du pouvoir se traduisent toujours par de nouvelles occasions en or pour ceux qui n'ont froid ni aux yeux ni à la prostate.

> «Je livrais les fleurs de pavot des mollahs aux nouveaux riches de mon pays. Une valise d'opium, quelques valises d'argent. Des subventions agricoles à la mode de chez nous. Je suis vite devenu aussi rupin que mes clients. J'ai acheté

un téléphone Nokia de la taille d'un pack de bière avec lequel je ne pouvais appeler personne parce qu'il n'y avait pas encore d'antennes-relais dans le coin.»

Au début, Iegor Kugar avait vendu des sacs de pavots, puis d'opium, mais, éduqué par la rue, il ne lui avait pas fallu longtemps pour comprendre que plus un petit entrepreneur raffine lui-même la matière première, plus son portefeuille s'épaissit. Avec ses revenus, il s'était acheté ce que tout homme de main brusquement enrichi s'achète, partout dans le monde, un énorme quatre-quatre. Les intellectuels et autres militants du tramway feraient bien de tester, pour voir, l'effet que ça fait de se balader dans un Hummer blindé dévorant les petites voitures.

Comme il avait besoin d'un pied-à-terre en ville, il avait acheté un étage de l'ancien immeuble des membres du Parti. Les héros de la Grande Guerre patriotique de l'étage au-dessus s'étant plaints du bruit, Iegor avait aussi racheté leurs appartements et les avait jetés à la rue. Il avait ensuite célébré là sa propre personne et les bons côtés de sa modeste participation à l'histoire mondiale, en compagnie de présidents, de stars du sport et de radicaux barbus et calottés du clergé orthodoxe. Une nouba sans fin, comme dans le livre préféré d'Iegor, *The Dirt*, qui décrit le quotidien, autrement dit la vie de fête, du groupe Mötley Crüe. Deux êtres surpassaient en effet tous les autres aux yeux d'Iegor : Vince Neil et Joseph Staline. Comme il l'a lui-même écrit :

« Je le dis franchement, parce que c'est important si on veut me comprendre et pas seulement me coller au trou. Je suis une bête de sexe. Baiser a toujours été mon seul truc pour me vider la tête quand le stress menait cent à zéro. Ça vaut quand même mieux que de se battre, non ? Au début, je ne touchais pas à la came, parce que je savais bien que ça ficherait le bordel dans la comptabilité des stocks et le suivi de la chaîne de distribution.

Est-ce que j'avais le choix ? Boire vous met hors circuit pour plusieurs jours. Mieux vaut se détendre en baisant.

Deux semaines de bizness, deux semaines dans ma cagna avec miss Ouzbékistan. Il y a toutes sortes de frangines dans le monde, de toutes les races, toutes les tailles, toutes les odeurs et tous les goûts. Il y a des Pamela Anderson et des Armi Aavikko, mais aussi des junkies, des demeurées et des Alla Pougatchiova. De douces merveilles semi-moches mais hypersexuées. Des filles de dix-sept ans qui en font trente et des mousmées de quarante-sept encore cotées à l'argus. Des gonzesses valant plus que la somme de leurs trous. Mais aussi des pétasses pour qui bibi ne représentait que du fric, de la dope et des relations, autrement dit un passage obligé pour pouvoir sniffer de la coke avec des hockeyeurs de la NHL. Tout le monde prenait son pied, jusqu'à ce que je me lasse, que je renvoie ces dames et que j'en fasse venir d'autres. Je pensais que ça durerait toujours.

C'est juste que je ne peux pas dormir seul, j'ai besoin d'avoir une nana à côté de moi, n'importe laquelle, tant qu'elle est bien carrossée. C'est le cas chez nous, mais ici, on a laissé les femmes accéder au marché du travail, elles ont trop de débouchés, du coup elles négligent leur ligne et leur maquillage.»

Iegor Kugar avait ensuite voulu relever de nouveaux défis et avait étendu ses activités au trafic d'armes. Un marché s'offrait à lui sur un plateau: les armées ennemies. L'essentiel était que les conflits perdurent, qu'aucune négociation de paix ne soit esquissée, que la situation ne se normalise pas. Tant que l'adversaire était hostile et à portée de jumelles, on pouvait lui échanger sa drogue contre des armes.

«Merdistan, Bougnoulistan, Blablanistan. Je me fournissais en came chez les chefs de tribu et je payais cash en kalachnikovs. Puis une petite échauffourée contre les mêmes, pour la galerie, avec dépôt d'une demande de permission à l'état-major, qui était bien sûr acceptée grâce à la poudre que je glissais dans l'enveloppe.

Les problèmes ont commencé avec la moralisation du camp adverse. Les plus pénibles étaient les séparatistes de série B, autrement dit ces imbéciles d'intégristes. Ils s'opposaient au libre-échange, un peu comme chez vous les sociaux-démocrates. Ils me foutaient la trouille, parce qu'on ne les impressionnait pas pour un sou. Dans le genre des Finlandais pendant la guerre d'Hiver, à gueuler venez donc, les popoffs, avec vos millions de chars, qu'on vous écrase avec nos arcs et nos frondes. Ils ne connaissaient ni la peur ni la fuite, juste la haine et la foi. Sacrément dangereux. Je les respectais et je les méprisais. Putain de vendeurs de kebabs ! Avec un pouvoir aussi illimité, pourquoi est-ce qu'ils continuaient à habiter dans des grottes et des ruines ? Ils tournaient des vidéos de menace, prenaient des otages et marmonnaient leur texte sacré alors qu'ils auraient mieux fait d'enregistrer des clips musicaux et de construire au sous-sol des piscines, des barres de strip-tease, des billards et des caves à liqueur.

À mon avis, ils ne comprenaient rien non plus à la baise. Ils ne bandaient que quand ils violaient. Leurs cousins, s'entend. »

Mais avant d'accéder à un poste de responsabilité dans les services de renseignement et de devenir trafiquant de drogue et d'armes, Iegor Kugar avait été un enfant soviétique en combinaison imperméable. Sa mère abusait des médicaments antalgiques et psychotropes disponibles en zone militaire et profitait de la concurrence limitée propre au socialisme réel. On pouvait à bon droit la juger paresseuse et inapte à son rôle. Elle trichait autant qu'elle le pouvait sur les objectifs du plan quinquennal, comptait en grammes l'alcool qu'elle buvait et laissait le système s'occuper de son enfant. De son père, Iegor avait vu une photo, qui se trouvait toujours dans son portefeuille, sur celles de Vince Neil et de Joseph Staline. Dessus, il avait le regard de son fils, un maillot de marin et des yeux de flambeur, du genre de ceux qui éveillent le désir des femmes mais annoncent des violences conjugales.

Pendant les trois premières années de sa vie, si

importantes du point de vue du développement psychique, Iegor Kugar avait vécu dans une base de sous-marins nucléaires. Son père était en mer onze mois sur douze et sa mère livrée à elle-même pendant ce temps. Tout comme son fils, maman Kugar était une bête de sexe, incapable de dormir seule, sous peine de voir la réalité et le devoir s'inviter dans son esprit. Quand le père d'Iegor avait découvert ce que sa mère faisait pendant ses mois de liberté, il n'avait pas fallu quatre minutes pour qu'elle se retrouve avec son fils sur la route pleine de nids-de-poule qu'un tsar avait fait construire par des serfs pour se rendre au bord de l'océan Arctique.

Le père avait renié son fils.

Puis le fils son père.

Voilà de quelle pâte était pétri Iegor Kugar.

L'école ne l'intéressait pas. Il était passé de centres d'éducation en prisons pour mineurs, maisons d'arrêt, pénitenciers et camps de redressement. Il avait fini par être interrogé par les services secrets, qui avaient conclu qu'il valait mieux intégrer le trublion en leur sein plutôt que de s'en faire un ennemi, aussi bien d'un point de vue économique qu'en termes de baisse de la criminalité.

Une formation.

Des repas chauds.

Un matelas et une couverture.

La reconnaissance de la société.

Iegor Kugar n'avait peur de rien, il savait se

servir d'une arme et n'éprouvait aucun scrupule à faire souffrir son prochain, tant qu'il en avait assez clairement reçu l'ordre. Lors de la cérémonie de remise d'insignes, dans son uniforme de parade, Iegor Kugar avait eu une érection qui s'était communiquée à tout son être.

La crise sociale. Le trafic de drogue. Le trafic d'armes. Les femmes.

> « Je suis resté clean longtemps, mais forcément, à la fin, j'ai craqué. Je n'en pouvais plus de rester à regarder le coca zéro à la main comment les autres se bourraient le pif, et j'ai découvert la joie de vivre. Le plus important pour moi, c'était qu'avec la coke je pouvais baiser plus longtemps.
>
> La bande de gays de l'émission de déco de la télé est venue refaire mon appart. Du coup, de plus en plus de gonzesses ont eu le code de la porte de l'immeuble et ma dernière fête a duré un mois. J'avais demandé aux Mötley Crüe de venir jouer et ils l'ont sans doute fait, mais je ne me rappelle plus rien.
>
> Le problème, c'est qu'un matin je me suis réveillé à côté de la nana qu'il ne fallait pas, autrement dit à côté d'une Nana Mölsä à gros nichons et boucles d'oreilles en diamant qui était la bourgeoise de mon chef Viatcheslav Mölsä. Une vraie tanche au pieu, malgré son cul parfait.
>
> La situation s'est réglée exactement

comme on nous en avait menacés pendant notre formation. J'ai fini dans une zone industrielle de Saint-Pétersbourg, attaché au fond de la fosse d'un garage, où un mec un chouïa dérangé m'a collé une petite baffe et sérieusement défoncé le crâne. Après, ç'a été le trou noir. Je me suis réveillé dans un hôpital sentant la cave à pommes de terre avec une oreille et un œil en moins. J'étais vivant, parce qu'il fallait faire un exemple. Comme depuis les Romains.»

Iegor Kugar s'était ainsi retrouvé à sa sortie de l'hôpital avec une commotion cérébrale, à la rue, sans le sou et viré des services secrets. Puis sur le siège arrière de la voiture d'un vendeur de matériel hi-fi roumain qui avait accepté en paiement ses bagues, son téléphone et sa montre. Le voyage s'était terminé dans la banlieue de Bucarest, où il avait débuté une nouvelle carrière.

«Un pays rude, avec des gens rudes. Rien que des romanichels, putain! J'ai suivi des cours du soir, ce qui veut dire que je me suis promené en ville pour leur montrer quel genre de dingue j'étais. C'est comme ça que j'ai commencé à trouver du boulot. Le principal produit d'exportation, c'étaient les frangines de dix-sept à trente-quatre ans, et le principal marché l'Europe de l'Ouest. Avec de temps en temps des virées assommantes dans les pays nordiques pour récolter les piécettes gagnées par des mendiants comme cette loque de Vatanescu dont je n'aurais jamais dû m'approcher ni de près ni de loin. »

Dans ce contexte, Iegor Kugar ne pouvait laisser passer le barbecue de Vatanescu et de Balthazar. Un mendiant ne doit pas avoir l'air mieux nourri que ceux à qui il demande l'aumône, un mendiant ne doit pas manger de faux-filet flambé au cognac. Un mendiant gras est un oxymore. Mauvais pour le bizness. Mais le pire était de faire la grasse matinée.

Iegor trouva ses hommes à ronfler dans les caravanes ou éparpillés dehors comme les cochons d'une ferme en pleine décadence. C'était encore un tour de Vatanescu, il en était sûr, il savait reconnaître l'aura d'une forte tête, il les repérait déjà quand il était dans les services secrets, il en avait une lui-même. Ça attire les ennuis, la fortune ou un cercueil en zinc.

Iegor Kugar renversa les braises du barbecue sur Vatanescu. Il ferma à clef les portes des caravanes et proclama que c'était le début d'une semaine sans salaire et de journées de travail de vingt-quatre heures. En route les gars, hurla-t-il, allez perdre vos calories, et ne revenez pas avant d'avoir l'air de ce que vous êtes et pas de propriétaires de pavillon de banlieue !

Chapitre troisième

où Vatanescu commet l'irréparable et trouve son alter ego

Iegor faisait faire ses basses besognes par une bande de junkies de Svetogorsk qui coupaient à sept heures du soir l'électricité du camp des mendiants et vérifiaient qu'il ne restait plus dans les caravanes trop de nourriture ou de bonne humeur. La lumière revenait à cinq heures du matin. Avec par là-dessus la nuit qui tombait de plus en plus tôt, la pluie incessante, la bise glacée et la pingrerie des gens, Vatanescu sombra dans la déprime. Les passants grognaient, crachaient, même la distributrice de publications religieuses passait sans s'arrêter, pressée de rejoindre les assemblées piétistes organisées dans d'anciens cinémas.

Les rues sont incroyablement propres.

Suis-je le seul détritus ?

Balthazar le consolait en lui assurant que les choses se tasseraient, mais Vatanescu ne voyait pas plus loin que le lendemain, et encore. Il souffrait des mêmes symptômes de burn out que les gens auprès de qui il mendiait. Ceux-ci ne pensaient qu'à rentrer chez eux, dans leurs logements collectivement chauffés, par la combinaison train-bus-marche la plus rapide possible, et ne se sentaient pas tenus d'aider quelqu'un qui aurait aussi bien pu travailler.

Et, inévitablement, le jour vint où l'Organisation donna l'ordre de muscler les résultats. Il fallait ouvrir des négociations salariales, car le syndicat international du crime était une multinationale cotée en Bourse à l'instar de Nokia ou de Gazprom. Son département publicité et marketing avait en outre constaté une dégradation brutale de l'image de la mendicité. La police se montrait de plus en plus agressive envers ceux qui la pratiquaient et l'opinion publique se radicalisait de jour en jour. Le maire ne voulait plus voir de SDF dans les rues.

Le siège exigeait une meilleure productivité. Chacun devait augmenter son rendement de trente pour cent, et les moins productifs seraient licenciés. Les derniers arrivés partiraient les premiers. Les mendiants, alignés en rang, écoutaient le discours d'Iegor. Vatanescu était assis un peu à l'écart, sur le marchepied de sa caravane. Il avait la morve au nez, peut-être de la fièvre, ou bientôt de l'hypothermie.

Iegor Kugar.

Tu ne vois dans une eau dormante qu'un endroit où plonger la tête de ton prochain pour le noyer.

Et, tout aussi inévitablement, le jour vint où le campement s'illumina de l'éclat bleu des gyrophares de police, puis des bulldozers aux feux clignotants rouges entrèrent en action. Les forces de l'ordre donnèrent cinq minutes aux occupants pour ramasser leurs affaires et reprendre le chemin du pays de leurs ancêtres. Les femmes et les enfants seraient accueillis au chaud pour la nuit dans un centre où on les conduirait dans un fourgon cellulaire noir aux portes verrouillées.

Les hommes n'avaient qu'à se débrouiller, comme toujours. Les mâles n'ont que ce qu'ils prennent, et ils le prennent toujours à autrui. Il en résulte des accusations, des demandes de restitution, des guerres mondiales. Et parce qu'ils sont la cause de tout, on les envoie aux pires endroits, à la chasse, à la guerre, construire des cabanes pour les enfants, participer à des courses de ski de fond comme la Finlandia — où ils se ruent d'ailleurs de leur plein gré. Les mâles ne sont utiles que tant qu'ils sont vigoureux. Et tant qu'ils sont capables de défendre et de protéger les leurs, ils constituent une menace pour les autres. C'est de cette réalité que découlent tout le bon et tout le mauvais de la vie économique, de la musique rock et de la course aux armements, entre autres. Triste est le sort du malheureux incapable de s'emparer de ce qui lui revient, de se battre pour se faire une place au soleil, de s'exprimer dans la langue du pays, de gagner au jeu ou de manier l'humour pour amortir les chutes. Il n'éveille ni la pitié comme un enfant ni le désir comme une femme, il a pour rôle fondamental et but dans l'existence de produire de la valeur ajoutée économique.

Je ne suis d'aucune utilité à personne.
Personne ne m'est d'aucune utilité.
Je ne suis bon à rien.
Il me faut des chaussures à crampons.

Les bulldozers broyèrent et écrasèrent tout, puis jetèrent les débris dans une benne. Les mendiants regardaient, réfugiés dans un tunnel piéton voisin. Balthazar prit la main de Vatanescu et la serra comme un père celle de son fils, transmettant toute sa force à son successeur. Sa poigne était solide, ses mains froides et ridées, et il déclara avoir vu dans les étoiles, ou savoir par expérience, qu'un barbecue n'annonçait jamais rien de bon. À cet instant, Vatanescu éprouva pour la première fois depuis son départ de chez lui quelque chose, d'abord de la peur, puis un flottement et enfin une formidable colère. Lui qui n'avait jamais frappé personne écrasa son poing contre le mur de béton. La fureur qu'il laissa monter en lui autorisa la suite.

Quand il vit la silhouette d'Iegor Kugar à l'entrée du tunnel, Vatanescu sut qu'il ne reculerait pas. Les bulldozers étaient partis, il devait se montrer aussi fort qu'eux, foncer droit devant lui, et tant pis s'il ne savait pas où cela le mènerait. Leurs logis avaient été détruits, on les avait privés de leur gagne-pain, et que faisait Iegor Kugar ? Il demandait aux frères Vatanescu-

Balthazar s'ils comprenaient bien la situation générale.

La situation générale ?

Tout ici est particulier.

Les individus. Les biens privés. Le droit d'un travailleur indépendant à des chaussures à crampons.

«Vous avez pigé, ou il faut encore que je vous explique pourquoi des négociations salariales s'imposent ?»

Vatanescu fixa pour la première fois Iegor Kugar dans les yeux.

Ordure.

Iegor entendit son murmure. Il y eut un instant de silence, du genre de celui pendant lequel un homme de sa trempe décide s'il vous met tout de suite son poing dans la figure ou s'il vaut mieux recourir à l'art socialement plus acceptable de l'humiliation verbale, puis il déclara d'un ton uni que le contrat de travail de Vatanescu était résilié. Les yeux de ce dernier se rétrécirent. Écoutons Iegor Kugar :

> «Je l'ai fichu dehors. Viré pour avoir trahi ma confiance. Rayé de ma liste de diffusion. La mendicité n'avait pas besoin de lui. Ce n'était pas une œuvre de bienfaisance, mais une activité économique comme une autre où régnait la loi de l'offre et de la demande. Je vendais ces types, j'investissais en eux, ils devaient me rapporter. Vatanescu n'était depuis le début qu'un élément de passif. Je lui ai

collé une interdiction d'exercer sur tout le territoire contrôlé par l'Organisation, autrement dit dans tout pays, ville, village de plus de 7 000 habitants ou gymnase de floor-ball, partout en Europe. Et parce que je suis trop bon, je lui ai concocté un plan de licenciement, pension de retraite et indemnités de chômage express. Je lui ai filé vingt euros.»

Un billet de vingt euros à la main. Un campement détruit. Plus de gagne-pain. Vatanescu n'avait plus rien, et il laissa son corps faire ce qu'il voulait. Il serra l'argent dans son poing, prit son élan et se rua bras tendus sur Iegor Kugar. Une force qu'il n'aurait jamais dû posséder lui était soudain venue. Il paracheva son œuvre d'un coup de boule qui déséquilibra son adversaire et le fit choir sur le pavé.

Balthazar s'assit sur Iegor. Puis, un à un, tous les autres mendiants.

Vatanescu lui arracha sa liasse de billets de banque et courut comme jamais il n'avait couru.

Un beau jour, le village natal de Vatanescu avait été rasé. Adieu le moulin et les étables centenaires avec leur soubassement de pierre. Le terrain avait été nivelé et clôturé et on y avait construit une usine de téléphones portables. Vatanescu avait essayé de s'y faire embaucher, mais un singe aurait plus facilement trouvé du travail que lui, car il existait au moins des zoos et des dessins animés. Seule la chaumine de Tudos Komar était restée debout. Elle avait survécu comme elle avait survécu à tous les bouleversements de l'Europe depuis l'époque byzantine. Peut-être pour qu'un jour un documentariste engagé d'un pays nordique la découvre et obtienne grâce à son histoire des subventions et des récompenses. Ou parce que le monde change mais pas Tudos Komar. Tous les matins, il sort dans son jardin, crache une fois à gauche et trois fois à droite, salue tous les êtres surnaturels qui l'entourent et va aux latrines. Le chemin de campagne qui passe devant sa maison a vu défiler les armées nazies, les troupes communistes et les camions de Coca-Cola, et maintenant on va l'asphalter.

Tudos sourit. À moins que ce ne soit la paralysie d'un côté de son vieux visage qui le torde ainsi.

Vatanescu avait maintenant une poignée d'argent volé, quatre cent quatre-vingts euros. Quand on part de zéro, cinq centaines frôlent le mythe, et la somme lui permettrait au moins d'acheter des chaussures à crampons. Dès le lendemain matin, dès que les magasins de sport à grandes vitrines ouvriraient leurs portes, il y entrerait et choisirait les chaussures avec lesquelles jouait le meilleur et le mieux payé des footballeurs du moment. Le reste lui servirait à bâtir quelque chose de plus ambitieux.

Sans objectif, mon geste n'est qu'une folie d'homme poussé à bout.

Comme nos actes le sont souvent.

Donne-lui un objectif.

Donne-lui un sens.

Sa joie d'avoir de l'argent s'évanouit quand il se rendit compte que son geste pouvait aussi bien n'avoir été qu'un pétage de plombs du bipède le plus stupide de l'univers, qui lui vaudrait de payer des intérêts bien supérieurs au cours du marché. Quand la nouvelle circulerait et que les téléphones portables mettraient la Finlande en communication avec son village, en Roumanie, les hommes de main locaux d'Iegor seraient informés de sa rébellion.

Vatanescu s'assit sur un banc devant le grand bâtiment blanc de l'Opéra, dans un parc qui s'étendait au bord d'un bras de mer. Sur la rive opposée passait un train de marchandises. Vatanescu tenta de se blottir dans le creux de son propre bras et d'oublier le froid. Sa fatigue chronique prenait le dessus, malgré l'adrénaline, mais nous ne laisserons pas notre héros s'endormir.

Un craquement s'échappa des buissons.

Quelque chose bougeait.

Vatanescu se demanda s'il y avait des serpents dans ce pays.

Puis on entendit, venant du sud, une rumeur qui enfla en un unique braillement collectif approchant au pas de course, une bande de jeunes lançait des pierres et agitait des bâtons. Comment Iegor avait-il pu envoyer si vite à ses trousses un groupe d'assaillants constitué d'autochtones ?

Ne me frappez pas aux genoux.

Ne me torturez pas. Ne me tuez pas.

Les jeunes passèrent devant lui, fonçant vers les buissons.

Tandis qu'ils battaient furieusement les taillis, un animal se faufila entre leurs jambes, traînant la patte. Vatanescu l'attrapa au passage et le cacha dans sa veste.

Qui que tu sois, tu es plus petit que cette meute de bêtes humaines.

Sortant la tête des broussailles, les jeunes remarquèrent Vatanescu et lui demandèrent s'il avait vu une saleté de rongeur. Ces nuisibles mettaient la ville en danger en grignotant les racines des pommiers des quartiers résidentiels et en se jetant sous les voitures, ce qui multipliait inutilement les rendez-vous chez l'assureur. On les payait cinq euros par lapin, le zoo en nourrissait ses tigres.

Vatanescu sentit le cœur du petit animal battre contre le sien et hocha la tête.

Je l'ai vu. Il est parti par là. Vers la gare.

Dépêchez-vous.

Allez, courez, ou il va vous échapper.

Quand les lyncheurs eurent disparu, Vatanescu regarda le lapin niché à l'abri sous son aisselle, le regard fatigué et implorant.

N'aie pas peur, je suis Vatanescu.

Ton égal.

Bon pour servir de nourriture aux tigres.

Vatanescu lava l'animal sous-alimenté à l'eau de mer et constata qu'il avait une écharde dans la patte. Quand il l'ôta, le lapin poussa un couinement affreux et un flot de sang jaillit de la plaie. Vatanescu avait dans sa famille et dans son clan des diseuses de bonne aventure et des devins, mais entretenait pour sa part une vision du monde aussi scientifique que possible pour un autodidacte et pourtant, ou peut-être justement pour cette raison, ce lapin surgi de nulle part lui semblait un signe trop éloquent pour être dû au seul hasard.

Je dois te sauver. Pour me sauver moi-même.

Je n'ai personne ici. Je n'ai personne d'autre au monde que mon fils Miklos. Nous allons nous entraider, nous allons nous en sortir. Nous allons commencer par toi.

Le lapin dans la poche, Vatanescu se dirigea vers l'avenue principale de la ville. Sur les panneaux indicateurs, une croix rouge fléchait le chemin du plus proche centre de soins.

Le nom inscrit sur l'auvent de l'hôpital était celui de la mère de Miklos, l'ex-épouse de Vatanescu.

Chapitre quatrième

où Vatanescu rencontre la philanthrope Hertta, le bedeau Keijo, Usko Rautee et Ming, et où il se transforme en investisseur international

Les portes coulissantes des urgences de l'hôpital de Maria s'ouvraient à intervalles réguliers. Derrière la vitre du guichet était assise Hertta Mäntylä, une forte personnalité, compassionnelle, connue pour sa sympathie empathique, qui savait apporter un soutien muet à autrui dans le chagrin, la souffrance et l'incertitude, sans s'alarmer ou s'effrayer d'aucune situation. Au cours de la nuit, elle avait accueilli Valdemar Kiminkinen, né le 05.06.64, qui, en état d'ébriété, s'était cogné la tête sur le pavé. Il s'était peut-être aussi querellé avec sa compagne, mais son nom ne lui revenait pas. Il se souvenait en revanche d'une course organisée au stade de Turku, dans les années soixante, et d'une vie qui avait dérapé. Kiminkinen n'était pas amer, mais répétait vouloir tout recommencer à zéro.

Hertta l'avait aidé à s'allonger et lui avait conseillé d'arrêter de boire. Elle lui avait même murmuré à l'oreille que le mieux serait de trouver l'amour. Mais que les chances étaient infimes.

Avec le ticket n° 106, ç'avait été le tour de Liisi Tunder, née le 12.12.20, Sagittaire, une vieille dame que l'âge n'avait pas enlaidie, mais dont l'esprit vagabondait sur les routes de l'enfance dans une voiture conduite par le chauffeur Alzheimer. On l'avait trouvée nue dans la rue, des bas de contention aux pieds, une bouilloire à la main. Elle demandait aux passants si les bombardements étaient finis, et où était passée sa meilleure amie Ulrika. Tunder était accompagnée d'un homme de son âge, son mari, affolé et désarmé. Hertta lui avait réservé une chambre dans l'hôtel le plus proche. On avait enfoncé une aiguille dans le poignet d'oiseau de la patiente, elle s'était endormie et Hertta s'était demandé combien il y avait de personnes, dans le monde, dont on aurait dû avoir le temps de caresser éternellement la tête.

Le client suivant s'était présenté au guichet sans ticket d'attente, le nez en sang. Flägä. Ne se rappelle pas sa date de naissance. Se rappelle avoir pris du temgésic et s'être injecté une drogue n'ayant pas encore de nom. Éprouve un fort sentiment de dédoublement de la personnalité, cherche à s'évader du royaume du Seigneur des belettes et veut qu'on le libère des menottes de fer du Sixième Neurone. Faute de pouvoir lui faire des câlins, on avait attaché Flägä dans son lit avec des sangles de sécurité, c'était ce qu'il avait déjà fallu faire la semaine précédente et ce qu'on ferait de nouveau jusqu'à ce qu'il trouve sur sa route la prison, la mort ou le Salut.

Ô pauvres enfants, malheureux possédés, quelle vie et quels errements, avait songé Hertta. Quel manque d'amour, quel monde, où l'atmosphère du petit déjeuner est glaciale, où il faut aller seul à l'école, où on ne trouve d'aide que dans la chimie et non dans l'argent ou auprès du voisin ! Quel besoin d'oublier des choses qui ne vous arriveront peut-être jamais ! Pourquoi faites-vous vos expériences de chimie ailleurs qu'en classe, pourquoi séchez-vous les cours au lieu d'apprendre un métier ?

Vatanescu était assis à dix mètres de Hertta. Il cachait le lapin dans sa veste sans oser regarder personne d'autre que la fillette qui souriait en face de lui, avec ses nattes et ses yeux pétillants de vie et de joie. Elle devait avoir dans les six ans et, d'après son sparadrap au bras, on lui avait fait une prise de sang, acte héroïque qui avait été récompensé par un esquimau. Ses petites dents grignotaient le chocolat et sa langue léchait la vanille mise à nu.

Le lapin tenta de se faufiler dehors par la manche de Vatanescu, qui l'en empêcha. Il essaya du côté du col, où il se heurta à une main. La fillette l'avait remarqué mais continuait de lécher sa glace. Les bizarreries étonnent moins les enfants que la normalité et le conformisme.

La mère de la petite se demandait à qui elle faisait des mines et souriait, à ce clochard étranger aux effluves d'égout ? Le lapin se retira dans la manche de Vatanescu. Celui-ci détourna les yeux et ils continuèrent à jouer ainsi. Les numéros d'ordre défilaient, encore vingt avant que ce soit son tour. La fillette s'endormit sur les genoux de sa mère, Vatanescu commençait à se lasser de regarder tous ces gens grippés et fatigués, voussés et voussoyés. Derrière les stores, on entendait la ville s'éveiller, l'éclairage public s'éteignit, remplacé par le soleil qui tentait de percer les nuages, et Vatanescu sombra dans le sommeil.

Il fut tiré de ses rêves par la fillette qui lui tapotait le genou du doigt. Elle montra le numéro d'attente du tableau et celui de son ticket.

La dictature de son enfance avait donné à Vatanescu le goût des langues étrangères. En 1984, avant les Jeux olympiques de Los Angeles, on avait distribué dans les écoles des brochures officielles sponsorisées par une marque de boissons rafraîchissantes, parce que la Roumanie était avec la Chine le seul pays du bloc socialiste à participer à la compétition. Vatanescu avait alors pour héros des sportifs du nom de Nadia, Ilie et Curaharu. Il avait lu les brochures dans leur langue d'origine, déchiffrant tout mot à mot jusqu'à ce qu'il comprenne ce qu'il lisait.

Hertta Mäntylä vit s'asseoir devant elle un zonard parlant anglais, ce qui n'était pas un problème, tant qu'il avait une carte de sécurité sociale. À ses yeux, Vatanescu avait surtout l'air fatigué, peut-être déprimé, ou souffrant d'une grippe saisonnière. Des années d'expérience lui avaient enseigné que, pour la majeure partie des patients, le sommeil était plus efficace qu'un traitement, une hospitalisation, des piqûres ou des pilules. Un long sommeil tranquille, dans des draps propres, dans une chambre bien aérée. Un réveil naturel, dans une odeur de café, le journal du jour à portée de main. Et dans la maison, des femmes bienveillantes, des oncles ayant le sens de l'humour, des enfants en train de jouer, sagement et sans bruit, pleins de vie. Si seulement on avait pu donner cela à son prochain, au lieu d'être toujours pressé, occupé à gagner sa vie, éternellement fatigué. Des cernes sous les yeux, des pneus sous la voiture en leasing, le feu au cul, la flamme sous la cuiller, ici sous l'étoile Polaire. Il aurait fallu prendre les gens par la main. Les emmener au parc d'attractions de Linnanmäki, partir avec eux en Laponie et laisser le vent caresser leur peau grêlée, les cicatrices de leur âme et leurs blocages émotionnels. Il y avait tant d'endroits où trouver la vie que les gens étouffaient en eux.

« And what is your problem ? »

Vatanescu expliqua les os brisés, le sang coulant de la patte de derrière et l'acharnement d'une bande de jeunes. Hertta le regarda, il ne semblait pas avoir de fractures. S'il y avait bien une chose qu'elle n'aimait pas, c'était les consultations inutiles, le gaspillage de l'argent du contribuable, les maladies imaginaires. Le monde n'en pouvait plus des fraudeurs. Elle demanda à Vatanescu s'il avait une carte de sécurité sociale. Non. Un passeport ? Non. Une carte d'identité ? Non. Un numéro de sécurité sociale ? Non. Un domicile fixe ? Non.

Hertta se leva de sa chaise ergonomique. Si le mal était sérieux, le patient serait soigné, mais s'il s'agissait d'une arnaque, il fallait démasquer l'imposteur. Elle ordonna à Vatanescu de lui montrer son membre blessé. Il tira le lapin de sa manche.

Comment aurait-il pu savoir que Hertta Mäntylä détestait les animaux ? Elle était allergique à toutes les créatures autres qu'humaines, les bêtes la faisaient enfler, se couvrir de boutons, éternuer. Pour elle, les mammifères avaient une place clairement définie, et les lapins n'avaient absolument rien à faire aux urgences de l'hôpital central du secteur sud. Leur place était dans la nature, ils étaient porteurs de maladies, posaient leurs pattes sur vous, vous léchaient de leur langue infecte, haletaient, grognaient, remuaient le nez. Hertta, gagnée par la panique, murmura qu'on n'était pas aux urgences vétérinaires. Vatanescu tenta d'expliquer que le lapin était très probablement né en Finlande, quelque part entre le jardin botanique et un grand hôpital bleu. Peut-être pourrait-on donc lui donner un numéro de sécurité sociale, et ainsi le droit d'être soigné.

Hertta Mäntylä hurla comme si Vatanescu lui avait mis une machette sous la gorge ou menacé de faire sauter l'hôpital. Elle déclencha l'alarme et annonça dans le haut-parleur que la police était en route. Elle se couvrit le visage d'un masque chirurgical, ferma son guichet et se mit en grève.

Vatanescu s'efforça de se diriger d'un pas tranquille vers la sortie, il devait quitter les lieux, éviter les menottes. La patte du lapin pendouillait, il couinait tristement. Et, si pathétique et mélodramatique soit-il d'utiliser dans la même scène un animal doux comme une peluche et un enfant, voici ce qui se passa : la fillette de la salle d'attente courut derrière Vatanescu. Elle lui tendit le bâtonnet vide de son esquimau et défit les lacets de ses chaussures rouges.

En voilà une petite personne avisée.

En face de l'hôpital, il y avait un cimetière où, au calme, Vatanescu fit du bâtonnet une attelle qu'il fixa à la patte du lapin à l'aide d'un lacet de chaussure. Un vieux bedeau qui ratissait le sable des allées, entre les pierres noires, souleva son chapeau. Vatanescu lui fit un signe de tête, l'homme monta les marches menant à la porte de service de la chapelle et revint bientôt avec un thermos à la main.

Son visage était buriné par les vents du nord et sa poignée de main ferme.

Pourquoi ai-je envie de pleurer ?

Je me sens tout d'un coup parfaitement en sécurité.

Une larme coula sur sa joue quand le vieillard lui versa une tasse de café chaud. Ce dernier hocha la tête et essuya ses pleurs. Vatanescu le regarda dans les yeux.

Tu m'acceptes. Tu me laisses vivre ma vie.

Merci.

Tu es humain.

Le bedeau avait un sandwich au jambon qu'il partagea en trois, et un bol de lait pour le lapin. Celui-ci but goulûment. Le vieil homme tendit un mouchoir à Vatanescu. Ils n'avaient pas de langue commune, mais la reconnaissance est facile à exprimer par gestes, en prenant une main dans la sienne. Ils surent échanger leurs noms, le bedeau se prénommait Keijo.

Il conduisit Vatanescu et le lapin dans la chapelle pour qu'ils se réchauffent et reprennent des forces. Ils pourraient s'y reposer jusqu'à l'arrivée des premiers cortèges funèbres. L'organiste répétait à la tribune, le soleil qui entrait par les hautes fenêtres, jouant avec les nuages, apportait une douce chaleur. Vatanescu s'endormit l'âme en paix, ses besoins les plus essentiels étaient satisfaits, il n'avait plus ni froid ni faim, et le lapin avait reçu les premiers secours.

La prosatrice Helinä Halme était morte après avoir vécu. Dans le milieu littéraire, elle était connue pour ses autofictions puissantes, sa capacité à disséquer sans fausse pudeur ses difficultés personnelles et son singulier talent de portraitiste de sa génération. Dans la réalité de ses enfants, Heikki et Kaija, Helinä Halme était une mère égoïste et maniaco-dépressive pour qui la vie familiale n'était faite que de contraintes et de sacrifices. On avait bien sûr le droit de puiser dans son quotidien la matière de ses livres et plus Helinä Halme dévoilait son intimité, plus les médias s'intéressaient à elle et plus Heikki et Kaija étaient mal à l'aise. Dans ses ouvrages, elle comprenait le monde, l'humanité, la société et l'individu, polémiquait courageusement, maniait la plume avec virtuosité et faisait preuve à la fois de brutalité et de douceur. En privé, elle n'avait aucun sens de la mesure. Ses rapports avec ses enfants auraient pu, dans la douleur, se transformer en une interaction plus adulte et plus égalitaire, mais la faucheuse avait fait s'écrouler Helinä Halme sur son ordinateur à pomme. Elle avait hérité de sa mère une malformation cardiaque passée inaperçue.

Le père de Heikki et Kaija n'était pas venu à l'enterrement. Il avait définitivement rompu avec son ex-femme quand celle-ci avait publié son premier best-seller, *L'Homme qui parlait avec ses poings.* «Aucun coup n'est pardonnable, pas même ceux qui n'ont jamais été donnés mais que j'ai vus dans ses yeux.»

Heikki n'avait rien voulu garder de sa mère. Kaija avait jeté son dévolu sur son mobilier Art déco, son portefeuille d'actions et son compte d'épargne. Ils avaient fait don de ses livres au bouquiniste du rez-de-chaussée de son immeuble. Et ils avaient l'intention de vendre son appartement à un prix tel qu'il partirait dans la semaine.

Enfin! avait été la première pensée de Kaija quand sa mère était morte. Heikki avait éclaté en sanglots et, après avoir pleuré vingt-quatre heures, avait téléphoné aux pompes funèbres. Rien de trop copieux pour le repas, pas de daube carélienne. Une urne épurée. Un avis de décès dans le journal, comme épitaphe un texte de Helinä elle-même, tiré de son recueil de poèmes *Le pommier a les couleurs du Chili.*

En plus de Heikki et Kaija, on vit arriver dans la chapelle leur oncle Pertti. Aux enterrements, une enfance commune fait couler des larmes, même si, adulte, on a navigué dans des eaux totalement différentes. Tous trois s'assirent au deuxième rang. Quand l'orgue se mit à jouer, le buste d'un homme qu'aucun d'eux ne connaissait émergea sous leurs yeux du banc du premier rang. Un clochard.

Vatanescu fit un signe de tête aux proches de Helinä Halme et quitta la chapelle.

Du point de vue de son histoire, cette famille en deuil n'a aucune importance, mais tel n'est pas le cas du paparazzi d'un journal à sensation occupé à prendre des photos de l'enterrement depuis le siège avant de sa voiture. Vatanescu ne le vit pas, et lui ne le reconnut évidemment pas, mais son reportage fit son chemin sur le net. Quelqu'un remarqua le vagabond à l'arrière-plan d'une image des funérailles, agrandit le cliché et s'aperçut qu'il figurait aussi sur une vidéo filmée à l'aide d'un téléphone portable à l'hôpital de Maria. L'homme, dépenaillé mais sympathique, montrait à l'infirmière de permanence un hamster ou on ne sait quel autre animal gigotant pitoyablement.

Des chaussures à crampons.

Vatanescu trouva un arrêt de tramway et se rendit dans le centre.

Il chercha un magasin de sport.

Alla au rayon chaussures.

Sortit de sa poche le papier sur lequel il avait dessiné, le jour de son départ, la plante du pied de son fils.

Depuis combien de temps suis-je parti ? Y a-t-il un tableau de croissance du pied d'un garçon de cet âge ?

Des crampons, des lacets, des scratchs, des paillettes, des rayures, une feuille de chêne, des bottes d'équitation, des chaussures de spinning, de jogging, de sprint, pas un mode de locomotion dont les besoins particuliers n'aient été pris en compte. Vatanescu compara différents articles au pied dessiné sur son papier.

Nike ?

Adidas ?

Les chaussures les plus chères coûtent tout l'argent d'Iegor, et c'est ce qu'il faut. Le devoir des parents est d'assurer à leur enfant une vie meilleure que la leur.

Une jeune fille vêtue d'un T-shirt aux couleurs du magasin s'approcha de Vatanescu. Ce dernier prit les chaussures les plus chères et demanda qu'on lui fasse un paquet. Pour plus de sûreté, il montra ses billets de banque.

Où est la poste ? D'où puis-je les expédier ? Mon fils va devenir attaquant de pointe. Buteur. On l'admirera, tout comme la voiture dans laquelle je le conduirai à l'entraînement.

La vendeuse prit les chaussures des mains de Vatanescu.

Elle fit signe au responsable des compléments alimentaires, une montagne de muscles du genre de Lex Luthor qui commençait sa journée en se rasant intégralement le corps, avant un pichet de milk-shake aux protéines et un étron sanglant dans la cuvette des W.-C. C'est l'effet que font les stéroïdes, le prix à payer pour qu'on distingue vos veines sur vos muscles saillants et que votre cou gonfle comme une centrale nucléaire menaçant d'exploser sur une côte japonaise. Le pénis de Lex était déjà tout rétréci, ses testicules des raisins secs, rien à faire pour bander, mais qu'importe, quand on peut soulever deux cent cinquante kilos de fonte. Le vrai nom de Lex était Rahikainen, il portait en pendentif un Lion de Finlande et c'était un homme tendre et bon, mais qui avait toujours détesté les romanichels. Depuis sa plus tendre enfance, il en avait peur — au centre commercial, ils essayaient de vous vendre de force des montres ou de la drogue ou vous volaient votre carte de transport et votre argent de poche, vous menaçant d'un couteau ou de leurs frères. Il n'y avait aucune raison d'en voir dans cette boutique, rares étaient les Tziganes qui avaient jamais acheté des articles de sport pour leur usage personnel, pour ce qu'en savait Rahikainen.

Sans un mot, il marcha sur l'intrus et le souleva par la peau du cou. Vatanescu eut tout juste le temps de rattraper par les oreilles le lapin qui avait failli tomber à terre et de le remettre dans sa veste avant que Rahikainen le porte dehors et le jette sur le trottoir, dans les jambes des passants, à son point de départ.

« Nous choisissons nos clients. »

Les chaussures n'ont pas seulement un prix de vente, elles ont aussi une tête du client.

Comment faire pour l'avoir ?

Il ne faut pas paraître misérable, être un mendiant,

la lie de la lie. Une sangsue prenant leur superflu aux nantis.

Il faut être l'un d'eux.

Je ne parle pas leur langue, comment faire pour m'intégrer ? Ils n'aiment ni la musique, ni les barbecues, ni la gaîté, ni l'inertie.

Le travail.

Ils aiment le travail. Les Finlandais aiment les travailleurs.

Iegor avait dit un jour à Vatanescu : « Les allocations de chômage nous assureraient des rentrées d'argent nettement plus stables que la mendicité, et à moindre frais. Pour des hommes et des femmes de sixième division européenne comme vous, il suffirait d'obtenir un numéro de sécurité sociale. C'est le sous-marin qui conduit droit au flouze des agences pour l'emploi, au revenu minimum, aux pensions de retraite et à tout le reste, bourses d'étude, allocations de logement, caisses de solidarité des syndicats, aides à la création artistique du Fonds pour la culture ou de la fondation Kordelin. Quand quelqu'un n'est qu'un numéro dans un ordinateur, c'est une pompe à fric perpétuelle. Soixante-quinze pour cent pour moi, vingt-cinq pour vous. »

Usko Rautee porta sa cuiller à sa bouche, fit pivoter son fauteuil et regarda par la fenêtre. Sa ville natale, sous le soleil matinal, elle était à la fois belle et laide, comme le sont la vie ou Yoko Ono. Ou comme l'étaient ses clients. Le yaourt avait pour flaveur : aucun goût avec un petit quelque chose de désagréable.

Des clochers d'église et des cheminées d'usine se découpaient dans le ciel, avec à leurs pieds la masse des immeubles, merveilles du XIXe siècle, monstruosités des années soixante-dix, fadasseries du début du XXIe siècle. Clochers et cheminées avaient perdu leur fonction originelle mais continuaient de ponctuer le paysage. La production des usines avait été délocalisée dans des pays moins chers, les halls industriels avaient été transformés en salles de floor-ball ou en studios de télévision. On se mariait certes encore dans les églises, mais Dieu avait quitté les lieux, déserté cette planète pour la galaxie suivante.

Usko Rautee racla le fond du pot et ressenti

la présence de Dieu. Le yaourt promettait à l'homme stressé d'aujourd'hui ce que l'Église lui faisait auparavant miroiter. La vie éternelle, un bon équilibre psychique, plus d'énergie au travail et le paradis après la pénitence. Pour y parvenir, il n'était même plus nécessaire de mourir, juste de vivre.

Le yaourt avait un sale goût, mais on n'a rien sans rien. La sainteté a toujours été le fruit de privations et de souffrances.

Usko avait classé ses clients en trois grandes catégories. La première était celle des pâtes molles. Les pâtes molles et leur environnement étaient comme le mercure et le teflon. Tout glissait sur eux, sauf les miettes de pizza accrochées à leurs revers et le porte-monnaie de papa ou maman serré dans leur main.

Usko ouvrit un deuxième yaourt et se demanda depuis quand le monde était ce qu'il était. Aujourd'hui, n'importe quel abruti sorti de l'école sans diplôme avait des droits royaux et un train de vie princier. C'était la conséquence du progrès, de la facilité et de la baisse des prix, c'était magnifique et absolument monstrueux. Tout avait commencé par l'invention de la hache, puis celle de la roue, suivie par la production d'automobiles en série, pour en arriver à cet univers où il y avait une console de jeux dans chaque pièce. Du pain prétranché dans les cuisines. Des casques sur les têtes et des radars de recul dans les voitures.

Que peut-on exiger de quelqu'un qui naît dans un tel monde? Rien, parce qu'on y naît en tant que client et qu'on n'exige rien d'un client, car le client est roi. La pâte molle sait parfaitement dans quel moule elle veut se couler. Elle veut être une célébrité, un joueur de poker ou un multimillionnaire. Sans avoir la moindre idée de la manière d'y arriver. La pâte molle se promène jusqu'à sa mort en baskets à scratchs parce qu'elle n'a jamais appris à nouer ses lacets.

Usko en avait pitié, mais sans se sentir réellement concerné. Il se faisait d'ailleurs lui-même aussi pitié, à manger des yaourts santé pour trouver la force de vivre. Dans les années soixante-dix, on avait le droit de s'alcooliser pour faire face à ses problèmes. D'où les yaourts, pour racheter cette époque.

Le ménage, autrement dit le secteur du nettoyage et de la propreté, était un indicateur du niveau de développement social, comme l'avait un jour été le système pénitentiaire. Les pâtes molles refusaient les emplois de technicien de surface, le salaire de départ était trop faible, le prestige des tâches manuelles insuffisant. Les quelques-uns d'entre eux qui acceptaient le poste proposé s'endormaient dans un coin de l'imprimerie qu'ils étaient censés briquer.

Mais la mollesse est proportionnelle au niveau de responsabilité. Avec assez de dettes, d'enfants et de pensions alimentaires à payer, même les pâtes molles empoignaient la serpillière.

Les crânes d'œuf étaient un cas plus tragique.

Leurs emplois avaient disparu en même temps que les machines à écrire électriques des bureaux. Les crânes d'œuf avaient été à la pointe du progrès en tant que dessinateurs industriels et administrateurs de systèmes, six ans plus tard ils étaient bons pour la décharge ou pour jouer avec les enfants. Contrairement aux machines à écrire électriques, ni la carrosserie ni le moteur des crânes d'œuf ne supportaient de rester assis sur le parquet du séjour à se faire malmener par un marmot de trois ans. Tôt ou tard, ils avaient envie d'une bière, même s'ils n'avaient plus goût à rien. Une bonne pinte de bière forte, ou plutôt deux, et un cognac. Ils avaient été, inexorablement, remplacés par des ordinateurs.

À mesure qu'Usko avalait son yaourt, il sentait sa pensée s'affûter. Les emplois ne partaient pas en Chine parce qu'un bourgeois sans scrupule les y délocalisait, mais parce que le consommateur achetait des produits bon marché. Le client voulait des prix bas. Et donc on lui en donnait. Tous avaient aujourd'hui la possibilité d'acheter de tout, autrement dit les moyens, la solvabilité et les crédits à court terme. C'était sans doute dans ce domaine — la vente à bas prix — que la démocratie fonctionnait incontestablement le mieux.

Inutile de proposer aux crânes d'œuf un emploi de technicien de surface, leur foie ou leurs genoux étaient si fragiles qu'ils n'avaient aucun espoir de réussir à manier la cireuse. Ils n'étaient pas paresseux comme les pâtes molles, mais avaient un ego hypertrophié qui supportait certes des dizaines d'années de boisson, d'indemnités de chômage, d'allocations de solidarité et de revenu minimum, mais pas une carrière pourtant prometteuse dans le secteur du nettoyage.

Le troisième groupe auquel Usko était quotidiennement confronté était celui des humanistes ayant fait de longues études supérieures qui n'acceptaient que les emplois de leur domaine. Et si leur domaine était l'ethnologie et leur spécialité l'évolution des quenouilles de l'île de Judinsalo et ses conséquences pour les propriétaires de manoir métrosexuels de la fin du XVIIIe siècle, il était démuni. Quand il proposait à ces individus hautement éduqués un poste de technicien de surface, ils lui demandaient s'il s'agissait d'un classique paradoxe, d'une métaphore ou d'une stigmatisation. Les humanistes se retiraient avec leur sac en bandoulière dans le restaurant végétarien le plus proche pour y attendre une bourse qui ne venait jamais. Contrairement à l'amertume.

Usko Rautee referma le couvercle de son pot de yaourt, le posa sur l'appui de fenêtre et s'essuya la moustache. Il se racla la gorge, se leva de son fauteuil et ouvrit la porte du couloir. Une personne attendait sur la chaise prévue à cet effet.

« Entrez », dit-il sans la regarder. Puis il chaussa ses lunettes et réveilla son ordinateur.

Usko sourit à son client, c'était toujours par là

qu'il commençait. Toute personne représentait une possibilité, au moins pour elle-même. Pour le système, elle portait en soi la possibilité de sa propre radiation.

Il s'agissait d'un homme usé et fatigué, ayant perdu son emploi régulier, prêt à accepter n'importe quel travail. Il déclara avoir l'expérience des métiers du bâtiment, de la garde de troupeaux et de la réalisation de silhouettes en papier découpé au coin de la rue du Parc et de la place Ceausescu, à Bucarest. Prompt à apprendre, dur à la tâche. Pas de certificats de travail ni de lettres de recommandation, mais, à titre de preuve, Vatanescu prit les ciseaux posés sur le bureau et une feuille de papier vierge dans l'imprimante. En quelques secondes, il découpa un portrait tout à fait ressemblant d'Usko Rautee. Ce dernier lui demanda s'il était prêt à un vrai travail, en dehors du bricolage créatif.

Vous avez les moyens de faire la différence entre vrai et faux travail.

Louez ma tête, mes mains, mes pieds pour huit heures, fixez-en le prix et payez-moi à la fin de la journée. Je veux des chaussures à crampons.

Usko Rautee nota tous ces renseignements,

tapa le nom de Vatanescu sur son ordinateur et appuya sur la touche entrée. Différentes propositions s'affichèrent : Vatanen, Esko ; Valtaoja, Esko ; Vataranta, Essi ; Varappe et Naturisme S.A. ; Water-polo Club de Valamo. Usko examina l'écran, secoua la tête et répéta à son client ce que disait la machine.

Il n'existait pas.

Créez-moi. S'il vous plaît.

Usko Rautee essaya les touches F1, F5 et Ctrl + V, mais il manquait toujours à Vatanescu un numéro de sécurité sociale, autrement dit tout. Si au moins il en avait eu un dans son pays d'origine, ç'aurait pu être utile, mais ce n'était pas le cas. Usko déclara qu'il allait tenter de créer Vatanescu. Il fallait d'abord remplir un questionnaire permettant d'évaluer ses possibilités de trouver un emploi sur le marché du travail finlandais.

Parlait-il finnois ?

Non.

Avait-il un domicile fixe ?

Non.

Usko regarda les yeux fatigués de Vatanescu. Ce n'était ni une pâte molle, ni un crâne d'œuf, ni un humaniste. C'était un homme dans la force de l'âge, qui pouvait et voulait travailler. Il ne semblait pas non plus avoir de problèmes d'alcool. Il sentait certes mauvais, mais c'était à cause de la crasse, pas de la boisson. Pour être opérationnel, il n'avait pas besoin d'une formation de huit ans, mais d'un peu de savon.

Usko se pencha par-dessus son ordinateur et

demanda à Vatanescu s'il était vraiment prêt à accepter n'importe quel travail.

Je suis dans la merde. Un trafiquant d'êtres humains veut ma peau. Je suis traqué.

C'est une banque qu'il faut braquer ?

S'il y avait encore eu des chaînes de montage en activité au pied de la cheminée d'usine qu'on voyait par la fenêtre, on aurait pu y envoyer Vatanescu travailler à l'emballage, peut-être, ou à pousser une brouette, ou à décharger des conteneurs sur le port. On n'avait jamais trop rempli de fiches de paie, dans ce secteur, songea Usko.

Il regarda Vatanescu dans les yeux.

« Je vais vous embaucher moi-même. I hire you. »

Vous me virez ?

Usko prononça avec plus d'application et précisa qu'il s'agissait d'un vrai contrat de travail. Si on voulait une économie de services, autant s'y mettre tout de suite.

« Une société axée sur les services. Une société axée sur la relation avec le client. C'est ce qu'on entend partout. Voulez-vous, Vatanescu, entrer à mon service ? Comme homme à tout faire. Je vous paierai un bon salaire et on réglera en temps utile ces histoires de sécurité sociale. Vous ferez le ménage. Vous laverez ma voiture. Vous porterez des repas chauds à ma mère trois fois par semaine. C'est d'accord ? On a un deal ? »

Vatanescu resta coi, car le lapin se démenait à l'intérieur de sa veste.

Usko Rautee déclara qu'on jouerait aussi franc

jeu que possible dans ces conditions. Les week-ends libres, des congés d'automne, d'hiver et d'été. Il avait pour une fois l'impression d'agir et pas seulement d'appliquer le règlement. Si tout le monde en faisait autant, en prenant l'initiative d'écouter son cœur, l'État providence serait garanti. Réactualisé. L'homme prendrait le pas sur l'arbitraire de l'informatique et de la loi.

Le lapin tenta une sortie par le col de Vatanescu.

Celui-ci le repoussa à l'intérieur de sa veste.

Usko Rautee demanda ce que c'était.

Rien. Ou enfin… c'est-à-dire…

Le lapin se faufila par la manche de Vatanescu et bondit maladroitement vers le bureau de Rautee. Il resta un instant suspendu au bord de la table par les pattes de devant avant de réussir à y hisser d'abord sa patte de derrière saine, puis celle avec l'attelle.

« Nom de Dieu, un rat ! »

Le lapin regarda dans les yeux le fonctionnaire de l'agence pour l'emploi. Ce dernier se propulsa instinctivement en arrière sur son fauteuil à roulettes. Vatanescu se précipita vers le lapin pour essayer de l'attraper. L'animal se laissa tomber sur les genoux de Rautee, qui le jeta sur le bureau.

Il est inoffensif.

Ne craignez point.

Le lapin se déplaçait avec difficulté, gêné par son attelle. Il renversa le porte-crayons et le verre d'eau d'Usko Rautee. La souris de l'ordinateur tomba par terre, son fond se détacha et la boule roula sur le sol pendant de longues secondes. Avec un sourire contraint, Vatanescu se précipita derrière l'animal. Celui-ci fut finalement arrêté par le rideau de la fenêtre, qui se décrocha de sa tringle. Vatanescu trébucha et s'étala. Le lapin saisit entre ses dents la gomme d'Usko Rautee et se mit à la mastiquer.

« Dehors. Voleur de poules ! Dehors !!! J'appelle la police. »

Et, bien trop vite, on entendit dehors la sirène des forces de l'ordre. Vatanescu dévala l'escalier quatre à quatre et eut juste le temps de sortir avant qu'une patrouille débarque. Il partit dans la direction opposée, se forçant à ne pas courir pour ne pas attirer l'attention.

J'ai à mes trousses le syndicat international du crime et la police nationale finlandaise.

J'en pleurerais si je n'en riais pas.

Il y avait déjà plus de trente ans que Ming Po avait quitté Saïgon pour Helsinki. Ce départ avait été précipité par la guerre, qui avait imposé l'exil à sa famille. Celle-ci s'était retrouvée en pleine mer sur une embarcation de fortune, puis dans divers camps de réfugiés.

La mère de Ming, Ding, avait une louche magique comme en ont les bonnes fées. Ou Teija Sopanen, à la télévision, ou mère Amma, avant qu'elle se mette à étreindre les gens. Qu'il y ait autour un génocide, du napalm ou le déluge, le délicieux parfum des plats mijotés par Ding Po entre quatre murs, sous une tente ou en plein air auprès d'un feu vous mettait toujours le sourire aux lèvres. Les difficultés d'approvisionnement n'étaient pas un problème, Ding prenait la dureté de leurs conditions de vie comme un défi à sa créativité. Non seulement elle aimait la cuisine, mais la cuisine l'aimait.

Quels ragoûts Ding n'était-elle pas capable de préparer avec des pousses de bambou et du rat, dans un four creusé à même le sol ! Elle avait l'art de doser les épices et l'instinct du temps de cuisson et on peut dire que, pendant toute une décennie, sa cuisine avait maintenu sa famille en vie, moralement et physiquement. Elle adoucissait l'horreur du quotidien. Ding Po mettait un peu d'elle-même dans chaque marmite et dans chaque bol qu'elle servait à son mari et à ses enfants, dont son préféré était Ming, qui avait gardé ses joues rondes malgré les privations. Son petit marmiton, qui, dès l'âge de trois ans, émincait les oignons, vidait les lottes, plumait et découpait les pigeons, goûtait les sauces et maîtrisait mieux qu'aucun autre l'équilibre salé-sucré.

Quand leur errance s'était terminée, à l'automne 1977, dans un deux-pièces bien chauffé du quartier de Malmi, à Helsinki, Ding avait estimé avoir fait son devoir. Elle avait regardé ses trois enfants endormis par terre sur un matelas, tâté le radiateur alimenté par une vapeur venue de loin, admiré la cuisinière et le four électriques et rajusté les couvertures de sa progéniture.

Son mari, King Po, l'avait rejointe, avait posé la main sur son épaule, et c'était à cet instant qu'elle était morte. Après avoir tout donné, au bout de son voyage et de sa mission. Ses enfants en vie.

De sa mère, Ming Po avait hérité un wok et une philosophie de la vie. Tu survivras à tout, ne te plains jamais, vois le bon côté des gens, c'est plus facile. Ils sont stupides, bien sûr, mais es-tu toi-même toujours si clairvoyant? Réfléchis-y, regarde-toi en face, ne te laisse aller ni à l'arrogance, ni au cynisme. On peut tout te prendre, mais ne te sépare jamais de ta marmite. Un ragoût de viande amoureusement mitonné ouvre le chemin de tous les cœurs. Choisis avec soin ce que tu cuisines pour chacune, et tu auras toutes les femmes à tes pieds. Écoute Pave Maijanen chanter «prends soin de toi et de ceux qui souffrent», quand il aura composé *Pidä huolta*, et tu comprendras définitivement ce que je veux dire.

À dix-sept ans, Ming Po avait loué une caserne de pompiers désaffectée et y avait ouvert un restaurant qu'on s'était mis à appeler Le Chinois, malgré son nom vietnamien soigneusement choisi. Dans la queue d'un supermarché, il avait rencontré Marjatta, qui était devenue sa femme. Son père avait protesté qu'il voulait une belle-fille de son pays, mais s'était laissé convaincre quand Ming lui avait fait remarquer que la plus proche candidate susceptible de lui agréer se trouvait à des milliers de kilomètres, dans une zone de crise. Il avait fait valoir que Marjatta était parfaite, et surtout qu'elle était enceinte de lui. Les enfants de couples mixtes avaient besoin du soutien de leurs deux familles, pas de préjugés et d'orgueil mal placé. King avait cessé de regimber quand il avait rencontré le père de Marjatta, Jorma, qui était propriétaire d'une verrerie à Vaasa et qui, comme lui, regardait le monde depuis un lopin de terre d'un mètre carré de sa région natale. Lui aussi trouvait que tout était mieux avant et que tout ce qui était nouveau — lieux, objets, idées, travaux, générations et musiques — était marqué du sceau d'une impardonnable paresse.

Ming avait cuisiné pour tout le monde, et comment peut-on douter d'un homme dont la daube carélienne fond dans la bouche, ou lui refuser quoi que ce soit? Ming lui-même préférait parler de daube Fhong Bain, d'après un plat de sa mère, sauf que dans la version finlandaise, il laissait toutes les épices de côté. Ding n'avait jamais noté par écrit aucune de ses recettes, Ming les avait apprises en l'observant, en l'aidant et en menant ses propres expériences. Il les transmettrait de la même manière à ses enfants, à commencer par l'aînée, Ling Irmeli Po-Virtanen, née en 1984.

L'établissement de Ming avait pour principal concurrent le restaurant Tillikka, qui proposait aux employés des chemins de fer, aux bibliothécaires et aux ouvriers des ateliers de construction mécanique sa côtelette du chef, ainsi que des sandwiches aux harengs arrosés de bière forte. Le soir, les habitués du bar passaient au bitter et au schnaps. Ming avait suivi les conseils de sa mère et s'était adapté. Il restait ouvert un peu plus tard que Tillikka et vendait des plats à emporter aux clients dont l'ivresse commençait à retomber. Il avait aussi ajouté à sa carte une côtelette du chef. Dès ses trois ans, il avait autorisé Ling Irmeli à le suivre dans la cuisine et dans la salle du restaurant. Elle apprenait ainsi le métier de son père tout en attirant les clients. Si engourdie par le froid que soit une nation, une petite fille gagne tous les cœurs. Les dictateurs n'utilisent pas les enfants à des seules fins de propagande, ils les aiment vraiment, car ils les distraient un peu de leur constante planification du mal.

S'il y avait eu à l'époque des émissions du genre de Master-chef, Ming aurait remporté le concours, ce qui aurait donné un coup d'accélérateur à sa carrière, mais on préférait alors les comédies policières, et il avait mis plus de temps à percer.

On ne peut pas tricher avec la nourriture et il ne suffit pas que ce soit bon. Mais l'excellence finit toujours par payer. Et, sans pour autant brader la qualité, les prix ne doivent pas être trop élevés. Ming achetait directement à la ferme ses poulets, son porc et son bœuf, pêchait lui-même ses poissons, s'était mis à la chasse et accommodait à sa manière la viande d'élan, prenait des lièvres au collet dans son arrière-cour et avait appris à tirer parti de toutes les plantes sauvages comestibles dont les Finlandais eux-mêmes avaient oublié l'existence depuis le milieu du XVIIIe siècle. Il n'utilisait aucun exhausteur de goût artificiel, car il possédait tous les ingrédients hérités de sa mère : l'amour, l'audace, le savoir, le courage, le tempérament, la résilience.

Le restaurant de Malmi avait commencé à

rapporter au milieu des années quatre-vingt. En janvier 1989, des crânes rasés en blouson d'aviateur avaient jeté une rame à travers la vitre, mais, le jour où ils avaient essayé de recommencer, Ming leur avait offert une barque en feuilles de bambou et les avait invités à goûter un bol de viande de bœuf à la sauce aigre-douce avant tout geste de vandalisme et de violence extrême. S'ils pouvaient, en toute honnêteté, dire que c'était mauvais, qu'ils balancent leur rame. Qu'ils boutent les immigrés dehors, comme disait leur slogan. Pete, Miksu et Tumppi avaient goûté. Depuis, leurs cheveux avaient poussé. Ils avaient fait réparer la vitre et avaient trouvé du boulot pour l'été dans le restaurant de Ming.

Ce dernier avait échappé à la xénophobie, mais, contre la crise, il n'avait pas d'autre arme que ses voisins. La pinte de bière à dix euros. Il s'était adapté, avait raccroché le wok de sa mère au mur et était resté à attendre derrière sa pompe à bière que les gens aient de nouveau faim et pas seulement soif.

Et puis, le jour même où les clients de l'établissement de Ming avaient assisté, sur l'écran de télévision accroché au plafond, aux trois buts historiques du hockeyeur Ville Peltonen, le vent avait tourné. Dès le lundi suivant, la cote des restaurants ethniques avait — à l'instar des actions de Nokia — grimpé en flèche. Mais, ethnique ou pas, Ming se considérait plus comme Helsinkien que Vietnamien. Ses enfants, nés en Finlande, parlaient deux langues mais d'une seule voix.

La clientèle de Ming venait chez lui jusque depuis les quartiers du centre, et il s'était décidé à prendre le risque de s'en rapprocher en emménageant dans un local plus cher. Il avait même ouvert un deuxième restaurant, dont il avait confié la direction à sa fille. Il s'était écoulé plus de vingt ans depuis son arrivée en Finlande, et il n'avait dormi en tout et pour tout que sept heures et demie. Son pouls au repos était de cent soixante.

Le succès de son restaurant du centre-ville reposait, à l'heure du déjeuner, sur un abondant buffet à petit prix, parce que c'était ce qu'aimaient les Finlandais. Manger à volonté pour une somme fixe. Ils ne parvenaient certes pas à se goinfrer tant que ça, mais voulaient se sentir libres. Libres de se servir de maïs, petits pois et autres salades, libres d'engloutir une montagne de saucisses et de ketchup. Ming leur proposait sa version personnelle de la fusion food : en plus de saveurs asiatiques, des boulettes de viande façon grand-mère de Hanoï et, surtout, le plat de base des Finlandais, la pizza. La Hô Chi Bling-Bling — jambon, kebab, chicken wings, pepperoni — était la préférée des jeunes. Elle était aussi disponible, pour les palais plus exigeants, avec une pâte au seigle.

Vatanescu s'assit à une table près de la fenêtre que venaient de libérer les communicants de l'agence de publicité Kr-öm & Co. Il regarda le reflet de son visage dans la vitre : barbu, vide.

Montre ton argent pour inspirer confiance et écarter les soupçons.

Ling Irmeli Po-Virtanen lui tendit la carte et lui demanda s'il voulait boire quelque chose.

Vatanescu réclama de l'eau et but à grands traits. Il ne cessait de regarder vers la porte, craignant l'irruption de la dame de l'hôpital, du monsieur de l'agence pour l'emploi, de la mafia russo-balkanique et de la police finlandaise. Quand il reposa son verre sur la table, le lapin se glissa hors de sa manche et boitilla jusqu'au service à épices.

Ling Irmeli recula poliment.

Fini de se cacher. Je vais nous payer une heure de tranquillité avec l'argent d'Iegor.

Vatanescu grattouilla le lapin à l'endroit du cou où les caresses rendent hommes et animaux béats de satisfaction, parce qu'elles sont un signe d'acceptation. Elles dissipent la colère, le stress et l'agressivité.

J'aimerais bien, moi aussi, avoir quelqu'un pour me grattouiller.

Dans la cuisine, Ling rapporta à son père ce qu'elle avait vu. Celui-ci jeta un coup d'œil dans la salle où Vatanescu étudiait la carte tandis que le lapin reniflait la salière et le moulin à poivre. Ming vit tout de suite de quoi il retournait : un fugitif, à la recherche d'un asile. Ce dont il avait besoin, c'était d'un repas de sept services, avec des saveurs, du contenu, un mélange de cultures et ce qu'il fallait de beauté et de surprises. Il dit à sa fille que le client était libre d'apporter ce qu'il voulait, tant que ce n'était pas la lèpre ou une ceinture d'explosifs. Dans la mesure où l'on mangeait ici du lièvre, du porc, du bœuf et des pousses de bambou importées des antipodes, on pouvait bien accepter dans la salle un lapin payant son écot. Dans le village natal du vieux Ding, les animaux vivaient sous le même toit que les hommes, parce qu'ils avaient besoin les uns des autres.

On donna donc à manger à Vatanescu. Un rouleau de printemps emmailloté dans une tranche de pizza. De la sauce de soja, de chili, de curry, du porc et du poulet à l'aigre-douce, de la daube carélienne pimentée. Le lapin grignota trois assiettées de salade, but plusieurs bolées de lait et se coucha pour faire la sieste sur les genoux de

Vatanescu. Pas étonnant, avec l'estomac — ou ce qui en tient lieu chez un lapin — rempli du premier repas complet de sa vie.

Vatanescu regardait les clients du restaurant. Il y avait des cols blancs, des créatifs, des dépressifs, un groupe de retraités de Myllypuro qui avaient entendu parler de l'abondant et délicieux buffet. Il y avait des ouvriers du bâtiment avec leurs casques jaunes et Miihkali Toropainen, en famille, l'esprit préoccupé par son projet de divorce.

Le garçon fait des bulles dans son coca.

La fille enroule une nouille sur une baguette avec les doigts.

Que fait mon fils en ce moment ?

Vatanescu commanda un café avec son dessert, alla se servir une triple portion de salade de fruits et mit les morceaux de pêche de côté pour le lapin, qui les suçota comme un humain.

Tout va bien, aujourd'hui.

Nous allons prendre une chambre d'hôtel, dans un établissement où il y a des peignoirs. Demain matin, je retournerai voir l'homme de l'agence pour l'emploi. Il m'a promis un toit. Il y avait en lui plus de bon que de mauvais.

Vatanescu paya Ling Irmeli avec un des billets d'Iegor et lui dit de garder la monnaie. Il demanda deux barquettes en plastique pour emporter les restes de son repas et des crudités pour le lapin. On ne jette pas ce qui est bon.

On ne jette pas non plus ce qui est mauvais.

Ming, entre le cuiseur de riz et le gril, examina le billet apporté par sa fille. Aucun doute, c'était un faux. Il déclara qu'il allait s'en occuper et alla trouver Vatanescu. Celui-ci caressait le lapin, respirant la satisfaction, le ventre plein. Le restaurateur hésita, il n'était pas homme à faire preuve d'intransigeance, à exiger brutalement son dû. Son client avait visiblement aimé sa cuisine.

Ming n'avait jamais donné d'ordres à ses enfants, il préférait se taire. Il avait en cela imité son père, d'abord, puis son voisin Seppo Mäkäräinen. Il n'aimait pas parler d'argent, car dans son monde tout tournait autour de la nourriture. Il aurait même préféré ne pas parler du tout, car on pouvait tout exprimer à travers la cuisine. L'amour, la colère, le bonheur d'avoir des petits-enfants, ses sentiments et ses pensées. Plutôt qu'à d'autres chefs, Ming se comparaît à un peintre ou à un sculpteur.

Et pourtant.

Le clochard et le lapin avaient payé avec un

billet de trois cents euros, et il n'en existait pas dans ce monde. Le prenaient-ils pour un idiot, devait-il appeler la police ?

Je pourrais porter plainte, mais je ne le ferai pas. Ainsi Ming commença-t-il son discours à l'intention de Vatanescu après être resté plusieurs minutes debout en silence devant lui. Il ajouta qu'il n'était qu'un petit entrepreneur opiniâtre qui devait payer un loyer faramineux, ainsi que les salaires de cinq personnes, et qui aurait bien aimé parfois dormir un peu. Et se verser un salaire à lui-même. C'était pour ça que ce genre de blagues de potache, de la part d'un adulte, ne le faisaient pas rire.

Vatanescu répondit en anglais qu'il ne comprenait pas le chinois — cantonais, mandarin ou autre.

Ling Irmeli vint traduire les propos de son père, et une communication hésitante put ainsi s'établir.

Je ne savais pas que… Évidemment, c'est un faux. C'est l'argent d'Iegor. Tout dans cet homme est faux. Le propriétaire d'un objet lui transmet son karma, comme disait la vieille Gurda. Je n'ai donc toujours pas un centime, ni de chaussures de football pour mon fils.

« Nom de Dieu ! » cria Ming.

Le premier juron de sa vie. Toute la salle se retourna pour le regarder, quelqu'un applaudit, déconcerté, comme au collège quand le verre de lait d'un élève de quinze ans se fracasse sur le sol et que la honte lui colle à la peau pour le restant de l'année.

« L'homme au lapin ! Ne me mens pas. Le plus facile, c'est de dire la vérité ! »

Je sais.

La vie m'a au moins appris ça.

Ming redevint peu à peu lui-même. Il se rappela les enseignements de sa mère. Le client a toujours raison. Un bienfait n'est jamais perdu. Vatanescu méritait qu'on lui laisse une chance, d'autant plus que ses yeux brillaient de candeur, mais aussi d'intelligence.

Le coup de feu de midi était passé et Vatanescu se tenait à côté d'une pile haute comme lui d'assiettes, de verres, de couverts et de casseroles propres. Il avait payé son repas en faisant la plonge.

Quand Ming l'invita à le suivre dans son bureau, il prit son lapin sous son bras et tenta de se défiler. Mais le restaurateur lui fit signe de s'asseoir, et il obéit.

Il y avait au mur des photos encadrées de Ding Po et de l'artiste de variétés préférée de Ming, Meiju Suvas. Les deux femmes avaient comme un air de famille et Ming, qui avait sur sa carte un plat baptisé en l'honneur de son idole, rêvait de l'inviter à chanter à l'occasion de ses cinquante ans, qu'il fêterait l'été suivant. Au moins une chanson, au moins sa version de *Ven devórame otra vez*. D'un autre côté, il n'était même pas sûr de vouloir organiser une fête, il avait trop de travail. Et il n'aimait de toute façon pas l'idée d'être au centre de l'attention.

Ming dit à Vatanescu que son passé ne l'intéressait pas, mais qu'il avait un peu l'impression que son avenir s'annonçait incertain. Vatanescu hocha la tête.

Je veux du travail.

Donnez-moi du travail.

Payez-moi ce que vous voudrez.

Mon fils aura ses chaussures à crampons.

Comme en écho aux pensées de Vatanescu, Ming déclara qu'il embaucherait volontiers quelqu'un d'aussi travailleur, mais que les charges sociales étaient telles, en Finlande, qu'un petit patron ne pouvait guère espérer trouver de la main-d'œuvre supplémentaire que dans ses rêves, ou en mettant lui-même la main à la pâte. Il ne voulait pas non plus recourir au travail au noir, parce qu'il aurait risqué de perdre sa licence et donc son gagne-pain.

Je m'en doutais.

Ming montra la photo d'un paysage de collines, accrochée entre sa mère et Meiju. Si Vatanescu voulait prendre les rênes de son destin, il devait aller en Laponie.

Il lui parla de vastes tourbières et d'adrets où poussaient des richesses naturelles commercialisables. Des myrtilles, des airelles et surtout de l'or jaune. Si Vatanescu rêvait de vrais billets à la place de sa monnaie de singe, si le travail ne lui faisait pas peur, s'il avait immédiatement besoin d'argent pour lui-même et pour son lapin, la cueillette de baies était faite pour lui.

Ming lui montra dans un guide les fruits

sauvages et les champignons les plus intéressants à ramasser, ceux qui offraient le meilleur retour sur investissement. Puis il lui expliqua ce qu'était le traditionnel « droit de tout un chacun », qui autorisait entre autres tout individu, qu'il soit finnois, vietnamien ou roumain, à cueillir des baies n'importe où. Au début des années quatre-vingt-dix, il avait lui-même souvent ramassé des fruits sauvages et des champignons, et le contenu de ses seaux rouges et bleus lui avait servi à payer plusieurs tiers prévisionnels et échéances de prêt.

Vatanescu feuilleta le guide, où un trombone marquait la page de la ronce des tourbières, dite aussi mûre jaune ou chicouté. Ming lui raconta que les autochtones préféraient acheter des surgelés suédois plutôt que de cueillir eux-mêmes leurs baies. Ça n'avait aucun sens, et c'était pareil pour le poisson, alors qu'il y avait ici des milliers de lacs, les Finlandais achetaient des filets de panga provenant de bassins d'élevage de sa contrée natale au lieu de pêcher le sandre. Parmi les ramasseurs de baies, comme parmi les chercheurs d'or, seuls les plus tenaces réussissaient, et encore pas toujours, mais tous avaient leurs chances. Pas besoin de parler la langue du pays, aucune formation ni aucun permis de travail n'étaient nécessaires.

Ming ouvrit un placard et en sortit pour Vatanescu un costume noir, une chemise blanche, une cravate et des souliers cirés. Les costumes étaient destinés aux serveurs, mais la plus grande taille ne servait jamais.

Ling Irmeli traduisit les paroles de son père :

« Fais un brin de toilette, et après tu pourras dormir par terre dans la cuisine. On va regarder sur le web les horaires de train pour la Laponie. Tu pars demain. »

Ming prit dans le tiroir de son bureau un rasoir mécanique et une bombe de mousse à raser qu'il tendit à Vatanescu.

Ses vieux vêtements ne tarderaient pas à héberger des poux et à pourrir. Vatanescu les jeta à la poubelle et ferma soigneusement le couvercle.

Il se tenait nu devant le miroir des toilettes du sous-sol. Ses cheveux pendouillaient, sa barbe était hirsute, la crasse de son visage s'écaillait sous ses doigts. Dans un dictionnaire, il se serait trouvé à l'entrée « misérable ». Il s'attaqua à sa barbe, qu'il commença par ramener avec des ciseaux à un centimètre de long, laissant tomber dans le lavabo des touffes de poils emmêlés. Puis il prit de la mousse dans sa paume et l'étala sur ses joues, son menton et sa lèvre supérieure avant de se raser à grands gestes crissants. Un nouvel homme glabre apparut. Vatanescu se coupa ensuite les cheveux, dégageant peu à peu ses oreilles, son front, sa nuque.

Apparence, O.K.

Ma vie aussi va-t-elle s'arranger ?

Vatanescu se lava les aisselles et le visage, humidifia des serviettes et se frotta tout le corps.

Une eau brune s'en écoula. Vatanescu se coupa les ongles, puis les quatre poils de ses oreilles. Il se regarda de face.

Qui es-tu ?

Ensuite de profil.

Qui es-tu vraiment ?

Il s'approcha du miroir à le toucher. Des yeux noir, jaune et rouge, injectés de sang, comme s'il venat de subir un examen ophtalmologique.

Où vais-je ?

De quoi pouvons-nous décider librement ?

Vatanescu ôta la chemise blanche de son cintre.

La dernière fois que j'ai porté un costume, c'était à mon mariage. Ou au baptême de Miklos ?

Il boutonna la chemise, enfila le pantalon. La ceinture n'avait pas assez de trous, il en perça de nouveaux avec les ciseaux.

Je ne suis plus misérable. Que suis-je ?

Vatanescu passa pour finir la veste de son nouveau costume et s'assit sur la cuvette des W.-C. pour nouer ses lacets. Le miroir lui renvoya des yeux qu'il connaissait et un très, très timide sourire. Un gros progrès par rapport à sa frayeur mortelle de la veille et à sa fuite de la matinée devant la police. Il respira profondément et ouvrit la porte des toilettes, puis monta l'escalier.

Ses chaussures claquaient avec autorité sur les marches de bois, rien à voir avec le bruit mou de ses anciennes baskets sans lacets, qui semblaient dire : je vais là où l'on veut de moi. Les nouvelles disaient : je sais où je vais, et j'y vais en classe affaires.

À la porte de la salle du restaurant, Vatanescu fut accueilli par une vision d'horreur. Ling Irmeli bavardait avec deux policiers. Ils tenaient à la main une photo de lui et, une nouvelle fois, il prit la fuite. Du moins en pensée, car son corps resta figé sur place. Il avait deux solutions. Retourner dans les toilettes et s'y enfermer, autrement dit se faire prendre. Ou faire comme toujours et partout jusqu'ici. Décamper.

Rappelle-toi qui t'a regardé il y a un instant dans le miroir.

Un homme neuf, un autre homme, tout un chacun.

Je ne suis pas celui qui faisait tout à l'heure la plonge dans la cuisine du restaurant.

Vatanescu regarda son reflet dans la haute fenêtre.

Je ne suis pas misérable. Je ne rase pas les murs. Je marche droit.

Je ne suis pas celui qu'ils cherchent.

Ce n'est pas à moi qu'ils en veulent.

Et Vatanescu, avec cent pour cent de risques et soixante-dix pour cent de confiance en soi, passa tranquillement derrière Ling Irmeli et traversa la salle jusqu'à la cuisine sous les yeux des policiers.

Ming l'attendait sur le seuil avec des horaires de train à la main. Il avait vu arriver les représentants de la loi et ordonné à sa fille de les retenir un moment. Vatanescu n'avait plus qu'à sauter par la fenêtre sur la poubelle à feuilles mortes et de là dans la cour. Une fois dans la rue, la gare était à cinq cents mètres.

Vatanescu passa sans plus réfléchir par la croisée. Il courait déjà quand il se rappela le lapin.

À la fenêtre, Ming siffla.

Vatanescu attrapa l'animal au vol.

Hey ho, let's go.

Chapitre cinquième

*où Vatanescu se fait passer
pour un voyageur de première classe,
fume un joint et trouve une Volvo*

Vatanescu s'assit à la seule place libre du wagon-bar, le regard rivé au sol.

Un mendiant n'a aucune chance d'arriver à ses fins.

Aucune chance de trouver des baies et des chaussures à crampons pour son fils.

Transforme-toi.

Vatanescu porta sur lui-même un regard extérieur et observa les autres passagers vêtus de costumes et de chaussures aux semelles claquantes. Les meilleurs portaient leur uniforme avec décontraction mais assurance. Ils s'attendaient à un traitement conforme à leur tenue et on le leur accordait. Ils avaient des ordinateurs portables, des téléphones à écran tactile et des portefeuilles ultraplats, avec seulement deux ou trois cartes. Ainsi va la vie, un portefeuille bien garni trahit aujourd'hui le collectionneur compulsif de tickets de caisse, alors qu'il dénotait auparavant des réserves de cash suffisantes pour acheter le monde. Ces hommes pouvaient tout se payer et n'avaient besoin pour cela que de deux bouts de plastique.

Prends leur apparence, tu voyageras en première classe et tu auras un iPad.

Trois jeunes étaient assis à la même table que Vatanescu. Des enfants à ses yeux, des adultes aux leurs. Jonttu, un ancien espoir du hockey sur glace à la tenue savamment négligée, qui aimait qu'on rie de ses blagues mais pas de lui, se préparait à passer le bac. Son père voulait qu'il reprenne son entreprise de vitrerie, ce qui l'intéressait encore moins que de poursuivre ses études dans une école professionnelle supérieure comme le souhaitait sa mère. Pour l'instant, son but dans la vie était la liberté, sous toutes ses formes, ce qui se traduisait par un esprit, des paroles et un compte en banque vides. Mais pour l'heure, il avait, tout comme ses compagnons de voyage Ökö et Minttu, un objectif précis : une mine, et le salaire horaire de plus de vingt euros qu'on pouvait y espérer.

Vatanescu salua les jeunes d'un signe de tête et but une gorgée d'eau.

Aie l'air d'un homme d'affaires.

Parle comme si tu en étais un.

Invente-toi une vie.

Le lapin, caché dans le creux de son bras, grignotait des carottes râpées.

Après avoir consulté la grille tarifaire et la fiche horaire de la ligne, Vatanescu conclut que son voyage se terminerait au plus tard au troisième arrêt s'il ne trouvait pas rapidement de quoi le financer. Il tâta les poches de sa veste et de son pantalon comme s'il avait dû y avoir dedans quelque chose qui avait disparu, s'efforçant d'arborer un air d'authentique surprise — il est encore plus difficile de mentir en gestes qu'en paroles.

Ökö, qui était étudiant en première année dans le secteur du tourisme et amateur de produits cannabiques, regarda l'étranger assis à côté de lui. De ses sacs en plastique s'échappait une odeur alléchante. Des plats chinois, exactement le genre de bouffe qu'il adorait après avoir fumé quelques grammes.

Que fait un homme en costume à qui on a volé son portefeuille et son téléphone ?

Vatanescu secoua et haussa les épaules, fit un geste d'impuissance et attendit qu'un des jeunes lui demande ce qui n'allait pas. Minttu fut la première à réagir. C'était une copine de classe de Jonttu, ou peut-être sa petite amie. Elle ne savait pas trop, parce qu'elle n'avait pas vraiment décidé si elle préférait Jonttu ou Ökö, ou même en général les filles ou les garçons. Comment pouvait-on choisir, en l'espace de quelques mois, la couleur de ses cheveux, son orientation sexuelle, ses futures études, sa philosophie de l'existence et le parti pour lequel voter ? Un an dans une mine l'aiderait, espérait-elle, à prendre toutes les grandes décisions qu'on prend trois fois par jour à cet âge.

« Something wrong ? »

Vatanescu s'éclaircit la gorge et déglutit, incapable de mentir.

Reste proche de la vérité. Aménage-la.

Il expliqua qu'il avait perdu sa carte bancaire, en s'appuyant sur le souvenir de la perte d'une carte postale, en 2002, à Timisoara. Il ajouta que son téléphone aussi avait disparu, ce qui était exact, car il l'avait vendu à Iegor en échange d'un paquet de flocons d'avoine.

Du punch, des mots justes, de la conviction.

Une accroche à la fin.

Vatanescu demanda quand passait le contrôleur. Il n'avait pas le temps de descendre en cours de route pour éclaircir la situation, ses affaires l'attendaient dans le Nord et il n'y avait plus d'avions avant le lendemain. Ökö répondit que le contrôle des billets se faisait en général avant Tikkurila, dans une quinzaine de minutes.

Garde ton calme. Ne les brusque pas. Pas de précipitation.

Vatanescu s'enquit de la destination des jeunes.

Jonttu avait une carte sur laquelle étaient indiquées toutes les mines en activité ou en projet sur le territoire de la Finlande et de la Suède. Il avait aussi imprimé une masse d'informations : plans, données, renseignements sur les sociétés minières, et était fermement convaincu que si ça ne marchait pas du premier coup, le troisième au moins serait le bon. Il y avait forcément du travail pour qui en voulait. Vatanescu sortit de sa poche la carte du parc national que

Ming lui avait donnée et leur montra où il allait lui-même.

Des mots justes. Des détails.

Vatanescu posa le doigt sur le cercle à l'intérieur duquel se trouvaient les tourbières les plus riches en mûres jaunes.

Du commerce de matières premières.

La destination de Vatanescu était proche de celle des jeunes et ses objectifs n'étaient pas non plus très éloignés des leurs.

Des richesses naturelles, de la prospection.

« Sur le territoire du parc national ? »

N'importe où. Si je trouve ce que je cherche, rien ne m'arrêtera.

Les jeunes regardèrent l'homme d'affaires aux joues rasées de près, puis se regardèrent.

« Qu'est-ce qu'il y a là-bas ? De l'or ?

— Des diamants ?

— Du pétrole ? »

Un trésor. Jaune.

Ils demandèrent à Vatanescu quelle société il représentait, et quelles étaient ses fonctions.

Tu vas te trahir si tu cites des noms ou si tu donnes trop de précisions.

Pense aux hommes en costume. À la première classe.

Ne raconte que le strict nécessaire. Mais ne mens pas si tu ne veux pas avoir à t'expliquer. C'est comme ça qu'on se fait pincer.

Il déclara qu'il travaillait à son compte. Il vendait au plus offrant des rapports, des analyses et des résultats. Il pouvait ainsi prendre lui-même sans délai les décisions urgentes qui demandaient des mois dans les grands groupes. Et il savait où investir. Dans l'avenir, dans les générations futures.

Dans des chaussures à crampons.

Il ajouta qu'il avait commencé dans la finance mais avait décidé de se tourner vers de nouveaux défis sur le marché des ressources naturelles.

Jonttu s'enquit des avantages salariaux et sociaux consentis dans les mines de Vatanescu. Minttu demanda si on embauchait des femmes pour conduire des chariots élévateurs ou des camions de minerai.

Tout est possible. Vous partez sur d'excellentes bases et vu le tarif horaire… eh bien… un mendiant roumain… par exemple… pourrait vivre une année entière avec un mois de salaire.

Aux yeux des jeunes, la comparaison n'était pas très parlante, mais le discours leur plut.

Il n'est pas non plus interdit de sourire en travaillant. Et on peut regarder les autres dans les yeux, même s'ils sont noirs de charbon. On y trouve toujours un peu de blanc.

Le train s'arrêta à Pasila.

Écoutez…

Les mots de Vatanescu se coincèrent dans sa gorge. Demander un prêt était risqué, surtout si on l'interrogeait sur sa solvabilité, qui était encore plus désastreuse que celle de la Grèce. Tout pouvait s'écrouler, tout était vain.

Enfin… c'est-à-dire…

Le train express traversa sans s'arrêter Malmi, Tapanila et Puistola, puis freina à l'approche de

Tikkurila. Les jeunes parlaient finnois entre eux, beaucoup de choses les faisaient rire, comme elles vous font, à cet âge, rire et douter.

Agis. Agis maintenant.

Le train s'arrêta.

Qu'est-ce que je vais faire ?

Le lapin se laissa glisser de sa manche sur la banquette d'où il descendit par terre pour grimper du côté des jeunes.

Il s'installa sans rencontrer d'opposition sur les genoux d'Ökö. L'étonnement fit place en un instant à un émerveillement ému. Le lapin regarda les jeunes, les invitant de tout son être à le caresser.

Jonttu prit des photos avec son téléphone portable et tous voulurent savoir pourquoi un investisseur se promenait avec un lapin.

«Are you a magician ?»

C'est comme… les canaris. Dans les mines. Une assurance-vie. Il détecte le danger. Flaire les métaux nobles. Il n'y a au monde que huit lapins spécialement dressés comme lui.

Vatanescu était étendu sur l'une des couchettes supérieures d'un compartiment pour quatre personnes. La place était celle d'Oili Tymäkkä, que ses parents n'avaient pas autorisée à partir pour un an dans une mine, au motif qu'ils avaient déjà payé son inscription en classe préparatoire de droit.

Vatanescu regardait le plafond et écoutait la joie des jeunes câlinant et nourrissant le lapin. Un peu avant Seinäjoki, Jonttu sortit de son portefeuille une boulette brunâtre qu'il émietta sur du papier à cigarette avec des brins de tabac.

« Partant pour un pétard ? »

Je ne fume pas.

« Ça n'empêche pas de tirer une taffe. »

Je dois me montrer digne de leur confiance. C'est gentiment offert.

J'aurais mauvaise grâce à refuser.

Les premières bouffées firent sourire Vatanescu. Puis il eut l'impression d'avoir plané dans le couloir jusqu'au compartiment et à la couchette. Ensuite vint une faim terrible. Jonttu alla acheter à manger au wagon-bar. Et, pour finir, la langue de Vatanescu se délia.

Les principaux problèmes, dans la vie professionnelle, viennent de la hiérarchie et des conditions de travail. La main-d'œuvre doit se sentir bien accueillie et en sécurité. C'est comme ça que naît l'esprit de corps. On doit pouvoir faire de temps en temps des barbecues. Nous avons besoin de sens, voilà tout. Nous devons pouvoir influer sur le cours des choses, être pris en compte et écoutés. Ça n'a rien à voir avec le monde de l'argent, le problème, c'est que personne ne se pose plus aucune question. Réfléchissez. Il faudrait cogiter un peu et pas seulement courir après le fric. Et pourtant c'est ce que je fais, et vous aussi. Je ne sais pas. Je dois réfléchir.

Minttu, qui prenait des notes, souligna le mot barbecue de trois couleurs de stabilo.

Le partage des revenus est un point essentiel, vingt-cinq pour cent ne suffisent pas. Celui qui fournit le plus gros effort physique doit être adéquatement rémunéré pour le louage de sa force musculaire à l'entreprise. On combat la prostitution et le trafic d'êtres humains, mais c'est aussi leur corps que vendent les ouvriers du bâtiment. Le patron fait suer ses subordonnés, s'en met plein les poches et rogne sur les pauses-pipi. Réfléchissez.

Jonttu avait acheté huit paquets de chips qu'on mélangea aux délicieux plats de Ming. Ils mangèrent comme des animaux et jouèrent comme des enfants à l'Étoile d'Afrique, dont les jeunes apprirent les règles à Vatanescu. Celui-ci rassembla une fortune en émeraudes et en rubis, mais tomba à Madagascar sur un brigand qui lui prit tout.

Comment peut-on prendre à un autre l'argent qu'il a gagné à la sueur de son front et dormir ensuite du sommeil du juste ?

Ils burent du coca et du cidre et Vatanescu se contenta, à la partie suivante, de tenir la banque.

Dans ce jeu, tout le monde dispose au départ de trois cents livres sterling. Dans la vraie vie, beaucoup n'ont en partage que la faim et des souliers percés. Est-ce obligé ? Peut-il en être autrement ? L'argent est-il une solution ?

Je vais réfléchir au lit.

Vatanescu avait le corps et l'esprit sereins, détendus, flottants, il regardait par la fenêtre, le paysage était toujours le même, de petites gares, de vieux lotissements de maisons en bois et des zones industrielles un peu avant et après les agglomérations. De la forêt à perte de vue, qui se faisait plus basse à mesure qu'on avançait vers le nord.

À la fraction de seconde où il allait basculer dans le sommeil, Vatanescu revit le soir de son départ. Miklos s'était endormi entre le mur et sa grand-mère, dont les poumons étaient aussi déchirés par l'humidité que le papier peint. Il pouvait encore sauver son fils, un enfant de huit ans guérit de tout à condition d'avoir du sirop de fruits et des chaussures de football. On n'avait pas encore réussi à lui extirper sa joie de vivre, malgré les tentatives de garçons plus âgés pour l'inciter à sniffer de la colle avec eux. Vatanescu avait allumé du feu dans le fourneau, était allé chercher du bois dehors, dans la pile rangée contre le mur de la maison, avait remarqué que sa mère le regardait et lui avait demandé ce qu'il y avait. Elle avait répondu qu'elle savait que son fils s'en irait le lendemain.

« Es-tu de taille à affronter ça ?

— Quoi, ça ? avait demandé Vatanescu.

— Tout.

— C'est pour vous que je pars. »

Il était allé se coucher, mais était resté à attendre le matin sans trouver le sommeil. Une aube nouvelle l'attendait ici.

Les jours sont ainsi. Ils viennent sans que nous sachions ce qu'ils nous apportent. Ou ce qu'on peut en tirer.

Les hommes d'Iegor sont-ils allés au village ? Ont-ils mis la main sur mon fils ? Ai-je autant de valeur ?

Ces jeunes ont quitté leurs parents pour vivre leur vie.

Moi j'ai quitté mon fils.

Comment décrire la Laponie finlandaise à un lecteur étranger, par exemple allemand ? Des tambours de chamane ? Des bruits de chantier ? Des costumes sames ? Des quatre-quatre russes, des touristes anglais soûls et des acteurs de cinéma finlandais ? Des Néerlandais en safari à motoneige, des joues rougies par le froid, de larges sourires après des expériences extrêmes ? L'hôtel-restaurant du Renne fou, avec ses concerts de Popeda ou de Paula Koivuniemi et ses chambres bon marché pour hommes d'affaires en goguette ? Des rennes, en liberté ou transformés en grillades et en viande fumée ? Tout cela, bien sûr, mais le train approchait déjà de son terminus, tiré par de bonnes vieilles locomotives soviétiques dont les moteurs diesel défiaient le temps depuis trois générations.

Vatanescu descendit sur le quai de la gare la plus septentrionale de ce petit pays, après plus de mille kilomètres de voyage. Les jeunes lui firent cadeau des vêtements d'hiver destinés au départ à Oili Tymäkkä, ainsi que d'un bonnet et d'une écharpe porte-lapin tricotée au crochet par Jonttu.

Vatanescu chaussa les après-ski et enfila la doudoune sur son complet. Il promit de leur revaloir toute l'aide qu'ils lui avaient apportée, nota leurs numéros de compte et leur souhaita la meilleure vie possible. Ils serrèrent à tour de rôle la patte du lapin qui dépassait de l'écharpe.

Profitez bien, les enfants, de tout ce qu'il vous est donné d'avoir.

Les jeunes poursuivirent leur voyage en taxi. Vatanescu sortit de sa poche intérieure la flore dont Ming lui avait fait cadeau et l'ouvrit à la page des baies arctiques.

Le cheminot de troisième génération Mikko Maukas déchargeait les voitures du fourgon porte-automobiles. Des quatre-quatre citadins chaque année plus énormes, conduits par de petites femmes soigneusement maquillées. Des plaques d'immatriculation de tous les pays d'Europe. Quelques entrepreneurs en bâtiments qui étaient allés chercher dans le Sud des lambris de plafond moins chers. Maukas avait l'habitude des touristes finlandais et étrangers, de leurs boîtes automatiques et de leurs premières questions. Où peut-on voir des rennes ? Peut-on payer en livres ou en dollars ? Les rennes sont-ils acceptés dans les trains et les avions et peut-on les chasser ? Pourquoi est-ce que personne ne parle français ? Il répondait par ce demi-sourire donné à la naissance à chaque homme du Nord et qui peut tout signifier, de la rogne à l'amour. De la direction de la gare arrivait encore une fois un touriste, ou un homme d'affaires, habillé comme en plein hiver, deux sacs en plastique à la main. Ils essaient même parfois d'avoir l'air pauvres, surtout les plus riches, comme ce propriétaire de magasins de meubles, Kamppari ou je ne sais quoi, songea Maukas.

Vatanescu lui demanda où il pourrait trouver des airelles et des myrtilles. Mikko Maukas regarda l'homme d'affaires, qui ne cadrait pas avec sa vision des ramasseurs de baies. Pourquoi ce type parlait-il par métaphores, pourquoi un déchargeur des wagons de voitures aurait-il dû connaître les particularités culturelles de tous les peuples ? Les cueilleurs de fruits sauvages étaient des Chinetoques ou des Russkofs. Ce n'était pas du racisme, se reprit intérieurement Mikko, juste un moyen commode de désigner les Philippins et les Ukrainiens qui arrivaient en camionnette, vêtus du même genre de jogging informe qu'il portait lui aussi en été. Les investisseurs comme celui qui se tenait devant lui débarquaient en général à l'aéroport de Kittilä, d'où son frère chauffeur de taxi les emmenait visiter les sites miniers passés, présents et futurs. Pour espérer un pourboire correct, il fallait leur fournir une connexion internet, de l'eau minérale de la bonne marque dans des bouteilles en forme de massue, des chargeurs d'ordinateur portable et toutes sortes de câbles USB.

Mikko Maukas demanda à Vatanescu quelle était sa voiture. Cette Volvo XC90, ce mastodonte totalement inadapté à la conduite en ville, avec une garde au sol bien trop faible pour un vrai tout-terrain ? Mais si on a les moyens de flatter son ego avec, pourquoi pas.

Non, des baies. Pour des chaussures à crampons.

Mikko Maukas gara la voiture gris métallisé dans la cour, laissa le moteur tourner et fit signer le formulaire de remise à Vatanescu. Sans rien dire, celui-ci s'installa au volant.

Les commandes de réglage pour les lombaires, les fesses et l'âme se trouvaient sous le siège. La radio déversait sa musique classique douce de la mi-journée et la carte grise du véritable propriétaire était rangée dans la boîte à gants. Thomas Weissbier, de Göteborg. Vatanescu aurait donc bientôt à ses trousses le syndicat international du crime, la police finlandaise et la classe moyenne supérieure suédoise.

Il étudia un moment les vitesses automatiques, trouva la position D et se laissa porter par la voiture hors de la cour de la gare auto-train. Il s'écoulerait encore une heure avant que l'on réveille Thomas Weissbier dans son compartiment de wagon-lit.

Vatanescu roulait dans son quatre-quatre sur une route déserte, regardant les maisons basses, les vastes étendues inhabitées. Les magasins d'alimentation, dans ce pays, se faisaient face par deux, chacun d'un côté de la chaussée, toujours et partout, dans les villes, les bourgs, les villages. L'un avait pour enseigne un S, l'autre un K, la différence de prix se voyait à l'habillement des clients. Des manteaux de fourrure pour le K, des coupe-vent et des bottes en caoutchouc pour le S. Seuls faisaient exception les agriculteurs, qui fréquentaient celui pour lequel ils produisaient le plus. Les stations-service étaient signalées par des pylônes publicitaires hauts comme des minarets, les voitures qui s'y arrêtaient, pour l'essentiel de solides japonaises, étaient étonnamment vieilles. Mais à cet instant précis, la Volvo de Vatanescu se faisait doubler par une file d'automobiles de luxe allemandes dont on testait la résistance au climat nordique. Plus loin, alors que le GPS affichait comme distance parcourue « åttiosju kilometer », il croisa une voiture de police. Elle ne s'arrêta pas, mais il eut l'impression qu'elle ralentissait et que des têtes se tournaient.

Je ne suis pas un voleur.

Je suis un ramasseur de baies.

Chapitre sixième

où Vatanescu prend un sauna et une cuite avec Harri Pykström

L'exemple de Vatanescu avait encouragé les mendiants restants à défendre leurs droits, autrement dit à les revendiquer. Sous la conduite de Balthazar, ils s'étaient rebellés contre leurs piètres conditions de travail et leurs trop faibles salaires. Iegor Kugar savait comment mettre fin à une insurrection dans une zone de crise ou dans un pays à la démocratie balbutiante, mais, dans un État de droit nordique, impossible d'utiliser des armes, des hommes cagoulés ou des méthodes comme le washboarding.

Les rapports de forces s'inversèrent. C'est toujours une heureuse surprise pour l'opprimé et un choc pour celui qui jusque-là commandait, donnait des ordres et imposait sa loi. Nul ne saurait mieux qu'Iegor exprimer sa stupéfaction :

> «A) Comment peut-il y avoir des gens aussi laids ? B) Comment peut-il y avoir des gens aussi salauds ? C) Comment peut-il y avoir des gens aussi cons ?

D) Comment est-ce que j'ai pu être encore plus con ?

La mendicité. Un vrai flop. Je me serais fait plus de blé en allant moi-même gratter *Smoke on the Water* à la balalaïka au coin d'une rue.

Le campement des romanichels grognait, se fichait de ma gueule, oubliait de déclarer ses revenus, réclamait des indemnités kilométriques. Certains étaient repartis chez eux et avaient bien sûr tous laissé des impayés. Vatanescu était devenu pour eux une sorte de Che Guevara. Des types qui n'osaient même pas me regarder dans les yeux s'étaient mis à jouer à la révolution d'Octobre. »

Il s'agissait d'un changement de régime, mais surtout d'une perte d'autorité. L'attaque surprise de Vatanescu avait mis Iegor Kugar au tapis et l'arbitre avait compté jusqu'à dix. K.-O. technique, la tête au carré, quatre ans de congé de maladie s'il y avait eu droit.

Vatanescu avait piqué des faux billets à Iegor Kugar, mais le plus grave était qu'il lui avait confisqué son pouvoir. Et avec lui, le véritable argent s'était évaporé. Iegor Kugar aurait voulu se lancer à la poursuite de Vatanescu, mais l'Organisation lui avait refusé son soutien. Alors qu'il se jugeait victime d'un tour de cochon, elle ne voyait en lui qu'un traître. Il avait failli à sa mission, le pouvoir avait changé de mains, mais dans le mauvais sens.

«Vatanescu avait disparu comme un pet d'octobre dans un passage souterrain. Et je ne voyais pas comment j'aurais pu retrouver seul ce foutu loser.»

Les rennes fixaient Vatanescu d'un placide regard bovin, sans plus s'émouvoir de ce nouvel arrivant que de tous ceux venus au fil des siècles faire valoir leur droit de tout un chacun. Il en passait, des universitaires à ski de fond, des Néerlandais en motoneige, des militaires en patrouille et des stars de la chanson venues slalomer sur les pistes.

Vatanescu partit à pied dans les tourbières. Quand il finit par s'enfoncer jusqu'aux genoux dans le terrain devenu trop mouvant, il obliqua vers une haute colline, ne s'arrêtant qu'au sommet, devant un tas de pierres auquel chaque randonneur avait ajouté la sienne, petite ou grosse. Il posa un caillou sur les autres.

Puis il s'assit sur un rocher plat et sortit le lapin de son écharpe de portage. Ensemble, ils regardèrent le paysage qui s'étendait à des dizaines de kilomètres à la ronde.

As-tu jamais connu un tel silence, as-tu jamais été

aussi loin de toute présence humaine? Sans avoir à craindre les réactions des gens?

À trois cent soixante degrés, des collines, des lacs, des tourbières. Bien sûr, ici ou là, l'harmonie du paysage était rompue par les hôtels, les télésièges et les grues des stations de ski, ou par des mâts de télécommunication.

Je n'ai pas peur.

C'est curieux.

Mais je n'ai pas peur.

Ce lemming se moque bien de savoir d'où je viens, ou comment je gagne ma vie, tant que je ne me dresse pas entre lui et ses petits. Ou que je ne leur marche pas dessus. Des collines arrondies, de vieux enclos à rennes, tout ici est comme la maison de Tudos Komar. Immuable, même si tout le reste change.

Nous avons tous, qui que nous soyons, quelque chose en commun. Le destin, le hasard, le sperme de notre père et l'ovule de notre mère déterminent le cours de notre vie. De manière insensée, irresponsable, inéluctable. L'un a sa place en Finlande, un autre en Roumanie, un troisième à Hollywood.

Sur cette terre étrangère inconnue, je suis libre.

Le manque d'argent n'est pas une prison. Ni la faim, ni la pauvreté. Les gens, si. Ceux qui possèdent, par rapport à ceux qui n'ont rien. Les propriétaires protègent leur bien. Forcément.

Toi, mon lapin, je te protège, mais je ne te possède pas.

Nous sommes frères.

L'homme et l'animal poursuivirent leur chemin dans les collines, montant, descendant, remontant. Au bout de plusieurs heures de marche, les pieds de Vatanescu, la fatigue aidant, commençaient à trouver tout seuls où se poser. Il n'avait plus la force de rectifier ses faux pas, mieux valait donc ne pas en faire. Il était maintenant capable de regarder à quelques mètres devant lui au lieu de tout le temps fixer ses orteils.

Le soir du deuxième jour, Vatanescu libéra le lapin.

Je devrai aussi un jour laisser mon fils partir.

Échouer.

Réussir.

Le lapin avait la démarche hésitante, maladroite et dédaigneuse d'un citadin, incapable de s'enivrer tout de suite de sa liberté retrouvée. Il tentait d'accoutumer les muscles disproportionnés de ses pattes de derrière à son propre poids, testait sa coordination, sautillait en claudiquant comme un artéritique. Plusieurs fois, Vatanescu le remit d'aplomb en l'attrapant sous le ventre.

Un pas.

Un autre.

Suis-moi, fais comme moi. Prudemment, mais avec une confiance aveugle en quelque chose.

Il n'y a que l'instant présent. Nous ne nous souvenons pas d'hier, nous ne savons rien de demain.

Ils arrivèrent dans des gorges où le sol, au bord d'une tourbière, était couvert de baies rouges et bleues. Vatanescu cueillit les bleues dans un sac marqué d'un S et les rouges dans celui marqué d'un K. Et avant la nuit, qui tombait tard, ou était-ce tôt, sous ces latitudes, il ramassa du bois sec. Il trouva dans un pierrier à flanc de colline un endroit plat où dresser son camp, entre trois rochers. Quelques pages inutiles de la flore aidèrent le feu à prendre, la pochette d'allumettes était au nom du Palais de Ming. Puis Vatanescu se fit un matelas de sa doudoune et une couverture de sa veste.

Le feu crépitait, tiédissant les pierres sur lesquelles il flambait et réchauffant ce qu'il restait de la nourriture emportée par Vatanescu. Celui-ci mit de côté du riz blanc et des légumes pour le lapin et l'aida à boire le lait d'un berlingot. Il trouva dans la poche intérieure de son costume des sachets de café soluble et du sucre provenant du train, se fit un gobelet avec le berlingot vidé par le lapin et puisa de l'eau fraîche dans un ruisseau.

Avant de s'endormir, Vatanescu chercha dans son guide la mûre jaune dont Ming lui avait parlé. Il montra la photo au lapin et lui demanda de le tirer avec les dents par la jambe de son pantalon s'il en voyait.

Le mendiant et le lapin s'endormirent sous le ciel étoilé, sur un lit de mousse, satisfaits d'eux-mêmes, de leurs actes et de la réalité qui les entourait.

Au sous-sol de sa maison, Harri Pykström examinait sa vidéothèque. Six étagères pleines de Jeux olympiques, de documentaires sur la nature, d'émissions sur la Seconde Guerre mondiale, de films avec Clint Eastwood, d'œuvres de Matti Ijäs et d'Edvin Laine, de westerns, du match de qualification Finlande-Ukraine du championnat du monde de basket de 1994 et, dernier ajout à sa collection, de la Tournée des quatre tremplins de l'an 2000. Il y avait plusieurs exemplaires de *Folie bénie* de Rauni Mollberg et de *Course forcée* de Mikko Niskanen, car il les enregistrait à chacune de leurs rediffusions à la télévision.

Le vendredi était le jour de visionnage de Harri Pykström, comme l'étaient le lundi, le mercredi et le dimanche. Il hésitait cette fois entre *La Valse de mariage* ou *Le Lutteur* d'Ijäs et *Petits suicides entre amis*. L'œuvre d'Ere Kokkonen supportait-elle d'être regardée à jeun ou valait-il mieux la réserver à une heure plus tardive, lorsque l'ivresse lui apporterait le petit plus dont elle avait besoin ? Les films d'Ere, avec leur simplicité pesante et leur narration redondante, rappelaient à Pykström les vidéos éducatives de son ancien employeur, la Défense nationale. Rien à voir avec Risto Jarva, par exemple. Lui comprenait la nature profonde de l'humour. Ce n'est pas le gag, mais le tragique. La vie est un drame dont chaque minute vous rapproche de la mort. Mieux vaut donc en rire. Pykström était content de son aphorisme — il lui en venait à l'esprit, qu'il le veuille ou non, depuis sa crise cardiaque. Il avait demandé à sa femme, Maija, s'il s'agissait à son avis d'une maturation psychique ou d'un simple déséquilibre mental, d'un bond en avant ou de chimie du cerveau. Un peu des deux, avait-elle répondu. Juste au moment où la main de Pykström allait s'arrêter sur *Räpsy et Dolly*, Maija cria que le dîner était prêt.

Pykström monta l'escalier. Ses genoux craquaient sous le poids de ses cent vingt-quatre kilos de jovialité, il ahanait et marmonnait, il aurait fallu installer un ascenseur au moment de la rénovation de la maison. Tout le reste avait été fait, d'abord à la demande de sa femme, puis de sa propre initiative.

Pykström souleva le couvercle de la poêle. Rien ne valait le fumet d'une fricassée de renne, à part l'odeur du tabac à pipe ou d'une bouteille de calvados tout juste débouchée. Peut-être aussi un saumon grillé au feu de bois ou, encore mieux, une truite. Pykström demanda où étaient les airelles.

«Tu ne vois pas que je zumbe.»

Mme Pykström tressautait au milieu du séjour, les danseuses annonciatrices de la suite se trémoussaient sur l'écran de télévision. Pykström la regarda tout en remplissant son assiette, puis sa bouche, de fricassée et de purée. Il songea aux documentaires dans lesquels on montrait des plantes poussant en accéléré pour illustrer en trente secondes le cycle des saisons. À quoi ressemblerait un film montrant en accéléré la naissance et le développement du gras du dos de Mme Pykström, pendant toutes ces vingt-trois années ? Quand ils s'étaient rencontrés, il y avait des chairs élastiques là où son dos et ses fesses tremblotaient maintenant comme de la viande en gelée. D'un autre côté, Harri Pykström avait exactement la même viande en gelée au même endroit, tant il est vrai que sur bien des points les gens qui ont longtemps vécu ensemble se mettent à se ressembler. D'après les dernières photos envoyées d'Australie, c'était aussi ce qui était en train d'arriver à leur fils aîné, Jorma, qui, dès la maternité, avait d'abord été qualifié de potelé, et seulement après de rieur. Mme Pykström tentait de se débarrasser de sa gélatine par la zumba, son mari par l'oubli.

Il gratta le fond du pot de confiture d'airelles et alla chercher dans le garde-manger des cornichons à la russe. Un soir calme et limpide, c'était ce qu'il y avait de mieux ici, à Perä-Kompio, la tranquillité, pas de voisins, pas de famille, pas de musique du camion à glaces, pas d'invités surprise. Personne pour vous déranger, pas de ramasseurs de baies avec leur connerie de droit de tout un chacun.

Pykström engloutit trois assiettées de fricassée, rota et remercia pour le repas.

Il mit la cafetière électrique en marche et s'assit sur le canapé, derrière sa femme. Il déclara que l'enthousiasme du gugusse qui s'agitait sur l'écran était dû au fait qu'il savait que de grosses dondons commandaient ses DVD aux quatre coins du monde. Pourquoi? Parce qu'elles n'acceptaient pas de vieillir. Il ajouta que se démener ne servait plus à rien une fois qu'on avait trop de kilomètres au compteur.

« Dit le camion en panne au bord de la route. Tu es juste jaloux.

— Exact. »

Pykström termina sa bouteille de bière, se releva et alla bécoter sa femme dans le cou. Des millions de zumbeuses du monde, il n'aimait que celle-ci. La gélatine ne faisait qu'un avec la peau élastique qu'il avait appris à connaître et faite sienne au début des années soixante-dix.

« Joli petit cul », dit Harri Pykström en donnant une claque sur le derrière à sa femme.

Il avait du mal à parler de certaines choses, mais exprimait son amour avec autant de facilité et de franchise qu'un enfant. Ses sentiments étaient sincères et profonds, il l'avait maintes fois prouvé. Il savait que nous devons tous avoir quelqu'un à nos côtés si nous voulons avoir une place dans ce monde. Ne pas être perdu.

Pykström se versa une tasse de café, ajouta du lait entier et quatre morceaux de sucre, dont deux dans la bouche. Il décrocha son treillis du portemanteau, vérifia que ses cigarettes étaient bien dans sa poche de poitrine et déclara à sa femme qu'il allait mettre le sauna à chauffer parce qu'il ne se sentait pas trop d'humeur à batifoler, ce soir. Comme il ne l'était plus depuis des années. Depuis sa crise cardiaque, en fait, son intérêt pour la chose s'était émoussé et il avait annoncé être passé d'une focalisation sur le sexe à la phase suivante de l'amour. Le persiflage.

Il empila du bois dans le porte-bûches et vit par la fenêtre sa femme s'essuyer le front dans son bracelet éponge. Il se demanda pourquoi il ne se sentait pas libre, alors qu'il avait tout organisé pour l'être. Il avait une retraite anticipée, un chalet en Laponie, du bois dans son porte-bûches, une carabine de petit calibre à portée de main.

Arrivé au sauna, Pykström vérifia que sa femme ne pouvait pas le voir et sortit une bouteille de sous le perron en pierre. Un petit coup ne pouvait pas faire de mal, un gorgeon, une lichée, en l'honneur du vendredi soir et du magnifique coucher de soleil. Le médecin lui avait interdit de boire après sa crise cardiaque, mais on ne peut pas vous interdire de vivre. En semaine, Harri

Pykström allait acheter en Suède, de l'autre côté de la frontière, de la bière légère, une boisson pour la soif qui ne donnait même pas la gueule de bois. Elle lui suffisait pour être pompette, et c'était assez.

Il disposa des bûches dans l'âtre et déchira de l'écorce pour allumer le feu. Son fils avait apporté en camionnette cinq stères de bouleau sec et demandé pour la centième fois pourquoi il ne passait pas à l'électricité. Un poêle de sauna électrique dans un chalet isolé au fin fond de la Laponie ?! Il avait honte de brûler du bois importé, mais il n'avait tout simplement pas la force d'en couper lui-même. Voilà ce que c'est, tout le temps, songea Harri Pykström. De petites choses pour vous faciliter la vie, alors que l'objectif, au départ, était de vivre en pleine nature selon les lois de la nature. Exposé aux bêtes sauvages et à tous les dangers. La réalité l'avait frappé au visage comme un torchon trempé dans du lait, rien n'empêchait la vieillesse, pas même la réalisation d'un rêve de jeunesse.

Pykström s'assit sur le plus haut gradin du sauna, écouta le feu crépiter et le poêle péter. Peut-être encore une goutte, peut-être encore une lampée, un petit coup ne pouvait lui faire que du bien, au point où il en était.

Cela faisait maintenant deux ans que Harri Pykström avait eu sa crise cardiaque.

Il était allé sortir de cellule un soldat qui avait oublié de rentrer de permission quand sa poitrine s'était déchirée. En se réveillant après son opération, il avait su que sa nouvelle vie se trouvait à Perä-Kompio, où l'armée avait mis en vente, depuis déjà plusieurs années, un chalet qu'il n'avait eu ni le cran ni le temps d'acheter.

C'était là qu'il irait. C'était là qu'il mourrait. Au bout d'un chemin pour quads, sans confort, dix-huit mille euros, facile à gérer.

« Et moi ? s'était inquiétée Mme Pykström en hurlant prudemment.

— Je n'irai nulle part sans toi, avait-il assuré.

— Si c'est en Laponie que tu as l'intention d'aller, tu iras seul. »

Harri Pykström avait fait ses bagages, signé l'acte de vente de la baraque en question et pris l'avion pour Kittilä. Il avait acheté un quad dans un magasin d'articles de sport de Muonio, était allé au chalet et avait entrepris de le retaper avec une hache, une scie à main et une énorme motivation. Mais que peut faire un homme de cent vingt kilos à peine remis d'une opération cardiaque ? Il avait dû utiliser son téléphone satellite pour appeler l'hélicoptère des secours d'urgence et poursuivre sa convalescence à l'hôpital régional de Rovaniemi.

À son chevet, Mme Pykström avait fait le serment de ne plus jamais laisser seul un instant son gros cinglé de mari. Même Jorma, d'Australie, avait exprimé le modeste souhait de ne pas avoir à revenir tout de suite pour l'enterrement. Harri Pykström avait juré, la main sur les œuvres complètes d'Arto Paasilinna, de se tenir tranquille.

On avait embauché de la main-d'œuvre extérieure pour terminer les travaux, et on avait vu sur le chantier des ouvriers venus de Helsinki, d'Estonie et de Norvège. À la recherche de nouvelles sources de revenus, Pykström avait eu l'idée d'écrire des récits d'aventures dans le Grand Nord comme il en lisait dans sa jeunesse dans sa chambre d'étudiant et volontiers, plus tard, aux toilettes. En tant qu'adjudant d'une compagnie logistique, il avait dû taper à la machine tous les jours et même un roman entier ne lui faisait donc pas peur. À destination d'un lectorat couvrant tout l'Arctique. Il avait recommandé à sa femme de trouver un télétravail quelconque, une fois qu'on aurait tiré des câbles jusqu'au chalet.

« Tu es fou. »

Mme Pykström, qui avait obtenu sa maîtrise de lettres avec un mémoire intitulé *L'univers de la femme — recherche et journaux de terrain du début du monde à sa fin supposée*, était spécialisée en anthropologie culturelle. Elle avait promis d'attendre la fin des travaux pour réexaminer la situation — peut-être pourrait-elle enfin, ici, terminer sa thèse. Il lui fallait, quoi qu'il en soit, patienter au moins jusqu'à ce que son fou de mari ait retrouvé la raison.

Harri Pykström avait monté un appareil de levage sur la remorque de son quad et aidé les ouvriers à transporter les matériaux jusqu'au sommet de la colline. Toujours nu. Quand sa femme lui avait demandé la raison de ce naturisme, il avait répondu qu'il était maître chez lui. En soi, il n'y avait là rien de nouveau pour Mme Pykström, qui avait toujours considéré son mari comme un objet d'étude. Il y avait en lui quelque chose des hommes de la tribu Huchu étudiés par Bronislaw Malinowski, qui exhibaient rituellement leur pénis. De la spontanéité, de la hâblerie, du plaisir de vivre. De l'idolâtrie, de la surestimation et de la sous-estimation de soi. Comment pouvait-on abandonner un tel être ? Le laisser seul ne serait-ce que quelques minutes ?

Quand un homme et une femme s'unissent, ils restent plus étroitement soudés que tout autre couple animal. Il se produit un phénomène d'osmose par lequel chacun devient une partie de l'autre, si différents soient-ils. Ou même incompatibles aux yeux de tiers. Harri Pykström et sa femme détestaient leurs passe-temps respectifs, le tir à la carabine et la danse devant la télévision. Idem pour leurs films préférés : Pykström n'avait vomi qu'une fois à l'âge adulte, en voyant sa moitié mettre le film *Cocktail* dans le magnétoscope. Mais c'était précisément pour cela qu'ils s'aimaient. Quand Harri traitait sa femme de grosse boulette de viande, elle seule comprenait le sens profond de ces mots. Ma chérie, mon trésor. Viens chauffer le lit, on va faire de nouveaux enfants et peu importe que nous ayons la cinquantaine, que j'aie des problèmes de prostate et que tu n'aies plus ni ovaires ni utérus. Tous deux étaient conscients de leur situation, ils en avaient même parlé et constaté que tout cela était suranné et sacré. Qu'il s'agissait d'une relation de couple à laquelle les jeunes générations ne comprenaient rien, parce qu'elles étaient en quête d'elles-mêmes. Elles cherchaient leur moi, leur tréfonds et les meilleurs endroits où faire la fête. C'était l'autre qu'elles auraient dû chercher. Pour le comprendre. Le soutenir. L'aimer. Lui cuisiner de bons petits plats, si pénible soit-il de demeurer sous le même toit que lui.

Mme Pykström avait eu besoin pour télétravailler d'un bureau et de communications efficaces. Peu à peu, le chalet rustique était devenu une maison moderne qui se trouvait juste être située au milieu de nulle part. Sauf qu'elle n'était même plus au milieu de nulle part, car il y avait depuis peu, à dix kilomètres de là, une station de ski où l'on organisait plus de manifestations culturelles et sportives que dans la commune de Vantaa, qu'ils avaient quittée.

Un matin, Harri Pykström s'était rendu compte qu'il habitait dans une maison parfaitement identique à la précédente et il avait de nouveau ressenti une violente douleur à la poitrine. Il avait eu l'intention de pêcher, de chasser, de vivre au rythme de la nature, mais voilà qu'il allait en quad au village, achetait les mêmes produits discount que partout en Finlande ou en Europe et s'attablait au pub local pour regarder le championnat d'Angleterre de football. Il n'était pas fait pour vivre en ermite.

Pykström alluma une nouvelle cigarette au mégot de la précédente et ouvrit une canette de bière, le thermomètre du sauna indiquait cinquante-cinq degrés. Il sortit chercher quelques bûches de plus.

Vatanescu s'arrêta au bord d'un petit ruisseau. Il avait déjà rempli de baies six sacs en plastique qu'il avait rapportés à son camp de base. Il en était aux deux derniers et se trouvait confronté à un problème logistique. Comment faire parvenir la marchandise aux acheteurs ?

Le ruisseau babillait et Vatanescu, en sueur, se demandait s'il n'était pas dangereux de s'y désaltérer. Quand Milos Panos avait bu dans la rivière de son village natal, il lui était poussé un troisième bras, du moins à en croire l'histoire que racontait sa mère. Le lapin sauta sur une pierre dépassant du courant et lapa l'eau de sa langue.

Vatanescu l'imita. C'était encore meilleur que sa première bouteille de Coca-Cola, à l'été 1990, avec Maria, sur le pont de la ville en ruine de Stenea. Il s'aspergea le visage et s'essuya les mains dans sa chemise blanche qui, comme elles, était maintenant noire de jus de myrtilles. Quand il leva les yeux, il vit de l'autre côté du ruisseau une petite construction devant laquelle s'affairait un homme nu bâti comme une barrique.

Il y a des gens par ici ? Que dit-on dans ce cas ? Qu'aiment les gens ? Sois franc.

Vatanescu agita la main et cria qu'il était tout un chacun.

Harri Pykström venait de finir de remplir le porte-bûches quand il vit quelqu'un lui faire des gestes de l'autre côté du ruisseau. Chez lui, un soir de sauna, et ce n'était certainement pas un géomètre ! Avec sa doudoune, ses cheveux bruns et sa tête de Sicilien, il avait l'air d'un terroriste. Au stade d'ivresse où en était Pykström, n'importe quelle réaction émotionnelle était possible, et il choisit la peur. Elle prit la forme d'une éruption de colère. Dehors les intrus, songea-t-il. On a le droit de tirer sur ses propres terres, se dit-il aussi en allant chercher sa carabine dans le vestiaire du sauna. Elle était destinée aux perdrix des neiges et autre menu gibier, mais pouvait aussi bien servir à repousser les envahisseurs étrangers.

L'homme agitait toujours la main quand Pykström posa un genou à terre et visa. L'intrus avait quelque chose de blanc à la main et un animal sautillait à ses pieds. Pykström appuya sur la détente.

Vatanescu se jeta à plat ventre dans le ruisseau. Des gerbes d'eau giclèrent autour de lui, quatre fois, puis ce fut le silence. Il garda la tête immergée comme un enfant qui se cache les yeux et croit que personne ne le voit.

Pykström se rua à travers la pierraille jusqu'à Vatanescu et lui ordonna de se mettre debout.

Celui-ci ne comprit pas ses paroles, mais ses gestes étaient clairs. Il se redressa, dégoulinant d'eau, et leva les mains. Il tenait un sac de baies dans chacune. Sa poitrine était rouge.

Je suis mort. J'aurais voulu vivre.

Le rouge était de l'airelle.

«What man?! cria Pykström. You mafia criminal. Me finski soldat!»

Le ramasseur de baies s'expliqua dans sa langue et dans d'autres et montra ses sacs.

Tout un chacun.

Le droit.

Le Sicilien ment, conclut Pykström, il me raconte des craques. Et même s'il disait vrai, qu'y avait-il de pire que ces gens qui se servaient sur les terres des autres et s'enrichissaient à leurs dépens? Pourquoi fallait-il un permis pour creuser un puits, évacuer des eaux usées ou construire un bâtiment annexe sur ses propres terres, mais pas pour ramasser des fruits sauvages? Aucun Sicilien n'avait le droit de s'emparer de ses baies, même s'il n'avait pas la moindre intention de jamais les cueillir. Déjà que les gosses des villes s'égaraient pendant les vacances à remplir des bols en plastique de myrtilles pour faire des tartes!

Pykström et Vatanescu se faisaient face. L'un

commençait à avoir froid parce qu'il était nu, l'autre parce qu'il était mouillé. Mais le premier refusait de céder et le second n'osait rien dire ni faire.

Ce fut Mme Pykström qui dénoua la crise en dévalant la colline en courant et en sautant sur le dos de son mari. On aurait cru une scène de guignol ou un film de Laurel et Hardy avec deux Hardy — dont l'un avait une grave insuffisance cardiaque, ce qui fait que ses forces s'épuisèrent vite. Mme Pykström réussi à lui faire lâcher sa carabine, qui tomba sur le sol.

Harri Pykström se laissa choir sur les rochers de la rive. Vatanescu saisit l'arme et la jeta au loin dans le ruisseau.

Le pouvoir appartient au plus fort.
Les baies à celui qui tient le fusil.

Quelle chance y avait-il pour que ce trio soit réuni ? Harri Pykström, né en 1954 à Kirkkonummi, Mme Pykström, née en 1958 dans le quartier de Tapanila à Helsinki, et Vatanescu, né en trois endroits à trois dates différentes, selon les sources ? Ils étaient pourtant maintenant assis là, haletants, au bord du ruisseau babillant. L'un effrayé, l'autre l'esprit tourné vers sa prochaine lampée de raide et de bière légère, la troisième furieuse du don insensé de son mari de provoquer des crises, qu'il s'agisse de son cœur ou de cueilleurs de baies siciliens.

Mme Pykström demanda à Vatanescu qui il était.

Qui suis-je ?

Il ôta son pantalon mouillé, l'essora et proposa de confectionner en gage de bonne volonté une tarte aux myrtilles, d'après la recette de sa grand-mère Murda.

« Qu'est-ce qu'il dit ? » demanda Pykström à sa femme, qui traduisit.

Puis il se remit sur ses pieds et déclara que Vatanescu pouvait passer son chemin ou retourner d'où il venait. Il était parfaitement capable de mater un Sicilien, même sans fusil. Il fit un pas en avant, leva le bras et tenta de saisir Vatanescu à la gorge.

Le lapin sauta sur le rocher derrière lequel il se cachait.

Et en un instant, le mal fit place au bien.

Un homme qui suit l'exemple de Vatanen! répétait Pykström. Qui part dans la forêt, trouve la vraie vie. Oublie les conventions, les normes et les règles. Fait ce qu'il doit, prouve qu'il est civilisé en fuyant la civilisation. Harri Pykström confia ses désillusions à Vatanescu : quelle différence y a-t-il entre la nature sauvage et la ville quand on peut avoir n'importe où un chauffage par le sol et une antenne parabolique? Sa vie était la même, toujours et partout. On n'échappe pas à son destin, quoi qu'on fasse.

Je ne savais pas qu'une vie facile pouvait être difficile.

Vatanescu, une canette de bière légère à la main, était assis sur le canapé en cuir dans lequel Harri Pykström avait imprimé la forme de ses fesses.

«Tu es un type bien, le Sicilien.»

Pykström fouilla dans ses cassettes et, heureux comme un gosse, poussa un cri de victoire.

«Grrrreat!» transmit à Mme Pykström l'écoute-bébé posé sur la table du salon vidéo qui lui permettait, à l'étage au-dessus, d'entendre les propos des deux hommes et d'en assurer la traduction simultanée. L'appareil servait de téléphone intérieur depuis la crise cardiaque de Harri Pykström, afin qu'il puisse être en contact permanent avec les autres pièces de la maison. Il déclara par le truchement de sa femme que la prestation d'Antti Litja dans le film de Risto Jarva tiré du *Lièvre de Vatanen* était le summum absolu de l'art cinématographique finlandais. La manière dont il exprimait une rage, une hargne et une insatisfaction constantes, comme une sorte de pression intérieure. Mais en même temps une immense tendresse pour le lièvre. Cet homme ne se plaignait pas, ne se répandait pas en jérémiades, mais prenait son destin en main.

« C'est ce qu'il y a de fantastique en Vatanen et c'est ce qu'il y a de fantastique en toi ! »

La musique du film était belle et triste et Vatanescu se rendit soudain compte qu'il connaissait cette histoire.

Je sais d'où viennent les ingénieurs des ponts et chaussées et les meuniers de mes rêves.

De ces livres.

J'ai trouvé le premier dans une poubelle de la gare de Bucarest où je cherchais de la nourriture.

Il s'était assis et l'avait lu d'un trait du début à la fin, oubliant de manger.

Ce pays y était. Pas vraiment lui, parce que rien ici n'est comme dans ces livres, mais c'est de lui qu'Arto parlait.

«Toi, le Sicilien, tu as fait exactement la même chose que Vatanen. Tout envoyé au diable.»

Vatanen avait le choix. Crois-tu, gros homme nu, que je voulais me retrouver dans cette maison, sur ce canapé ? Tu as essayé de me tuer.

Pykström évoqua ses propres ambitions contrariées, se décrivant comme un homme apprivoisé. Diminué, atteint au point le plus sensible, le cœur. Contraint de vivre dans la civilisation, qu'il le veuille ou non, et le pire était qu'il le voulait, car il tenait à vivre, tout court. Rares sont ceux qui osent mettre leur existence même dans la balance.

Si seulement j'avais un quad, un chauffage par le sol et un écoute-bébé comme Pykström. Une femme souriante, zumbeuse, avec un cœur d'or. Je ne demande pas grand-chose, mais c'est déjà trop. Je me contenterais de chaussures de football.

Pykström déclara qu'en partant à l'aventure Vatanescu avait réalisé le rêve de milliers d'hommes. Il avait fait sous leurs yeux ce dont ils étaient incapables.

«Tu es en quête de l'existence la plus primitive possible, dans laquelle on cesse de penser pour se concentrer sur sa survie.»

Je ne cherchais à aller nulle part, je suis ballotté d'un endroit à un autre. J'échangerais volontiers ma place contre la tienne. Je cueille des baies dans un pays inconnu, songes-y. Ce n'est pas une prise de position. C'est ma vie. Le syndicat international du crime et la police finlandaise sont à ma poursuite.

« Et maintenant, le Sicilien et le lièvre, au sauna ! »

Le mendiant et le lapin.

« On ne trouve de lapins, dans ce pays, qu'en cage dans les chambres des petites filles. Si ça c'est un lapin, je suis végétarien ! »

C'est un lapin.

« Tu es une vraie tête de mule, le Sicilien. Mais on ne va pas se braquer là-dessus. Faisons un compromis. »

Le mendiant et…

« … le lièvre. »

Ils s'en tinrent à cette interprétation, car celui qui détient le pouvoir peut définir à sa guise celui qui ne l'a pas. Ou alors il ne s'agissait que de la manière naturelle de Pykström de s'exprimer, de radotages d'ivrogne.

Le lapin sauta sur les genoux de Mme Pykström pour regarder un jeu télévisé tandis que les deux hommes prenaient le chemin du sauna.

Pykström prépara trois bassines d'eau pour les ablutions et versa de la bière directement d'une canette sur les pierres brûlantes. Accompagnée d'un parfum de céréales, la vapeur emplit le sauna et pénétra dans les poumons et les pores de Vatanescu. Il courba la tête et retint sa respiration. Pykström prit un bouquet de branches de bouleau et lui ordonna de lui présenter son dos.

Ne me frappe pas. Tu es fou. On ne lève pas la main sur moi.

« C'est comme un massage. Finnish massage specially for you. From me, Pykström. »

Les rideaux des fenêtres s'ouvrent avec une télécommande, mais on se flagelle avec des bottes de verges. Qui est l'homme moderne, et qui le barbare ?

Quand Vatanescu eut la peau toute rouge, Pykström lui demanda de lui rendre la pareille.

Pas question.

Je n'ai jamais frappé personne.

Même par vengeance.

Pykström lui tourna le dos, appuyé sur les

coudes, et lui fit signe d'aller de la tête aux orteils, sans oublier les fesses. Il expliqua qu'en Finlande il était parfaitement légal, et même hautement apprécié, que les hommes frappent ainsi leurs femmes, et réciproquement. C'était un échange de bons procédés et une nécessité si l'on voulait avoir la force de venir chaque jour à bout d'une énorme charge de travail.

Si je te rends ce service, que me donneras-tu en échange ?

«Tout ce que tu veux. What you need ?»

Des chaussures à crampons.

Vatanescu se saisit du bouquet de branches de bouleau et laissa monter en lui un mélange de lassitude, de dépit et de rancœur. Avec en plus une pincée de colère, il lui fut facile de frapper Harri Pykström comme les champions de tennis de son enfance : coup droit, revers, coup droit, revers, coup droit, smash, amorti, coup droit, coup droit, passing-shot côté couloir, boulet de canon.

«Thank you, le Sicilien», cria Harri Pykström avant de courir se tremper dans le ruisseau glacé.

Vatanescu le regarda par la fenêtre embuée patauger au clair de lune tel un morse échoué sur le rivage.

Puis notre héros sortit lui aussi dans le froid, se laissa flotter sur le dos dans le courant glacial, plongea la tête sous l'eau et rit, là sous le monde, ici sous les étoiles, à côté d'un gros bébé, dans le berceau des collines, rit de tout et de rien.

Ma mère savait-elle qu'un jour son fils unique partagerait avec Harri Pykström une bouteille de tord-boyaux ? Les testicules gelés, au nord du cercle polaire ?

« Debout là-dedans », dit Pykström, et il tira Vatanescu de l'eau juste au moment où il commençait à se sentir bien. « Ce n'est pas le moment de se noyer, camarade. »

De l'écoute-bébé sortaient des ronflements. L'interprète des deux hommes s'était endormie.

Pykström s'assit sur le banc en rondins de la terrasse du sauna et fit signe à Vatanescu de l'imiter. Il dégoupilla des canettes et alluma une cigarette avec un briquet en plastique jaune. Vatanescu tentait de se comporter avec le même naturel face à la nudité, à la chaleur de l'étuve, au froid de la nuit et à la clarté du ciel étoilé, mais il en était loin.

Ça ne s'apprend pas.

Il faut avoir grandi avec.

Vatanescu se fit l'interprète de Pykström, mais dans sa propre langue.

Vous êtes au loin, et en même temps au cœur des choses.

Vous êtes complètement cinglés, mais vous vous y connaissez en étanchéité.

«Yes, yes, le Sicilien. Et si on chantait un peu. »

Les chansons de Pykström, à en juger par leur rythme, étaient des marches militaires. Vatanescu préférait les airs d'accordéon vifs et joyeux, ou les romances interprétées par des femmes ardentes, mais qui paie la bière mène la danse.

« Le peuple de Finlande... Chante, le Sicilien, merde... brise ses lourdes chaînes, pleine est la coupe de la souffrance, contre la tyrannie cruelle se lève son armée... »

Vatanescu fredonnait, mais on ne se fait pas comme ça à une mélodie inconnue. Elle ne prend pas, elle vient de l'extérieur, pas de l'intérieur. Pykström alla chercher une nouvelle bière dans le vestiaire, la dégoupilla et donna une claque dans le dos de Vatanescu.

« Tu es un homme bien, le Sicilien, et ton lièvre aussi. Putain, un vrai mec. À l'ancienne. Cent pour cent bio. Un type formidable. Nom de Dieu ! Un ramasseur de baies ! En quête de chaussures à crampons ! Nom de Dieu ! »

Il vida sa canette d'une lampée, puis son pied battit un instant la mesure sur le plancher de la terrasse.

« Vigoureux sont nos coups, indomptable notre ire, nous allons sans pitié ni patrie... Non, attends. Mon grand-oncle était un rouge, pendant la guerre civile, prisonnier au camp de Hennala, j'en connais de ce bord-là aussi... »

Pykström fit claquer sa langue, tentant de se rappeler les paroles. Vatanescu se tâta la peau, avait-il déjà si froid qu'il en avait chaud ? Son corps ne parvenait pas à trouver son équilibre thermique, dans ce pays. D'une étuve à cent degrés à de l'eau à zéro, tous, enfants et vieillards compris !

« Debououout ! les daaamnés de la teeerre… »

Ça, Vatanescu connaissait.

« … Debout ! les forçats de la faim ! »

À l'école, en rangs bien ordonnés, tous devaient chanter et tous chantaient. Peu importe les paroles, il s'agit de sentiments. La musique perce l'armure, pénètre dans l'inconscient.

« C'est la luuutte finaaale ! »

L'écho roula en deux langues dans le sauna et l'univers entier escalada la colline, traversa les triples vitrages de la maison en madriers de pin de Harri Pykström jusqu'à l'appui de fenêtre où dormait le lapin.

« Groupons-nouououous et demainainain, l'Inteeernationaaaale sera le genre humainainainainain !!!!!!!!! »

La vie d'Iegor Kugar était sur une pente descendante. Il commença par avoir de moins en moins de contrats, car on lui avait retiré ses droits au chantage et à la torture. Puis on lui réclama un loyer pour son logement de fonction. La situation se répercuta sur son psychisme et il plongea dans la dépression, état qui lui était jusque-là totalement inconnu.

> «J'avoue. J'ai craqué. J'avais de toute façon les nerfs en pelote depuis qu'ils m'avaient coupé une oreille à Saint-Pétersbourg, mais est-ce que j'ai une tête à aller chez le psy? Quand on pète un câble, la machine s'emballe. La moto fonce à deux cents à l'heure, et moi debout sur la selle, un bandeau sur les yeux. Je rêvais de Vatanescu, je rêvais que je le tuais. Je le noyais, je l'étranglais, je lui collais un oreiller sur la tronche, je le regardais mourir dans son sommeil. Après, j'ai fait

des rêves complètement débiles dans lesquels Vatanescu et moi on allait à la pêche ensemble, on jouait au tennis en Lacoste et on s'en tapait cinq. Je me réveillais trempé de sueur et quelle que soit la gonzesse dans mon lit il me fallait plusieurs broquilles avant d'avoir la trique. »

C'est ainsi, tous ceux d'entre nous qui ont un jour eu un travail connaissent la théorie de la merde. Les steaks flambés qu'on mange à l'étage de la direction risquent de se déverser en diarrhée sur les employés du rez-de-chaussée. C'est pour cette raison, ou peut-être à cause de sa haine et de sa peur des gens, qu'Iegor Kugar se cachait désormais les yeux derrière de grosses lunettes de soleil même par temps couvert et tirait une capuche sur son bonnet orné d'un ours. La réalité de la veille était devenue une ironie postmoderne, autrement dit un jeu cruel.

« Les big boss du syndicat m'ont demandé ce qui se passait chez les Finskis. Où était la faille ? L'argent ne rentrait plus, les clodos défalquaient des remboursements de frais et des indemnités journalières. Hello ! La perte sèche se chiffrait en dizaines de milliers et j'aurais dû trouver ce fric quelque part.

J'ai dû répondre. M'expliquer.

Mais je n'avais rien à dire. Comment se faisait-il que Balthazar, par exemple, dont les résultats affichaient avant un solde positif de plusieurs centaines d'euros par semaine, ne rapporte plus que deux euros par mois ? Eh bien peut-être, putain de bordel de merde, parce qu'on l'avait vu pour la dernière fois jouer de l'accordéon à Örnsköldsvik ! »

Chapitre septième

où Vatanescu trouve l'Eldorado,
Goodluck Jeffersson et Urmas Õunap,
et où il apparaît à Iegor

Vatanescu se réveilla dans des odeurs de fines herbes, de tomate, de feta, de jambon fumé et d'oignon. Son regard erra sur le plafond et les murs.

Je suis mort ?

Mais rares sont les tombes avec une télévision sur l'écran de laquelle un coureur finlandais barbu remporte une médaille d'or olympique malgré une chute, sous les hurlements du commentateur Anssi Kukkonen. Vatanescu tourna la tête et vit Harri Pykström, nu, endormi dans un fauteuil, les pieds sur un tabouret, la télécommande dans la main droite.

Vatanescu se leva, posa sa couverture sur son hôte, ôta d'entre ses doigts sa cigarette éteinte et, plissant les yeux, remonta du sous-sol au rez-de-chaussée.

Le lapin grignotait des carottes râpées sur la table de la cuisine, Mme Pykström demanda à Vatanescu s'il avait bien dormi et l'invita à goûter de son omelette à la méditerranéenne.

Vatanescu but un verre d'eau. Puis un deuxième et un troisième. Un lendemain de cuite dans une maison inconnue s'apparente à une crise existentielle, car ce n'est plus du béton que l'on a sous les pieds, mais des marais mouvants. On ne sait pas qui on est, où on est, ce dont on se souvient ni ce qu'on devrait se rappeler. Dès que Vatanescu aurait fini de manger, déclara Mme Pykström, il serait temps de partir.

Excusez-moi, j'ai fait quelque chose de mal ?

« Harri ne sera pas en état de prendre le volant avant ce soir. J'ai préparé des seaux. J'ai mis dans la glacière des fruits, de la salade et du lait de chèvre pour le lapin. »

Vatanescu revêtit une combinaison de motoneige trop grande pour lui de plusieurs tailles. Il l'ajusta en roulant le bas des manches et du pantalon et en serrant les cordonnets. Mme Pykström donna au lapin des chaussons et un bonnet de bébé ayant appartenu à ses enfants.

Dans la voiture, ils écoutèrent la radio qui égrenait les relevés de température des stations météorologiques de la côte et de l'archipel. Le lapin dormait au fond d'un seau vide sur les genoux de Vatanescu, qui regardait les forêts flamboyant de toutes les nuances de rouge et de brun, les dénivellations en pente douce du paysage, les lacs scintillant ici et là et le moutonnement des collines. Entre les bouleaux nains surgissaient par moments des rennes ou des humains. Des mots sans préavis jaillirent soudain de la bouche de Mme Pykström.

« Harri a des rêves de gosse. Mais c'est un vieillard mourant. Comment puis-je le lui faire comprendre ? »

Eh oui.

« Toi, il t'écoute, mais personne d'autre. Il n'avait jamais écouté qui que ce soit, jusque-là. »

Je ne lui ai rien dit. Je ne le connais pas. Je ne veux être mêlé à rien.

« C'est bien ça le truc. Tu ne lui as rien dit. »

Je veux rentrer chez moi. Je veux un chez moi.

Je veux des chaussures à crampons pour mon fils.

« Tu crois que la zumba m'intéresse vraiment ? En temps normal, j'étudierais la signification culturelle de cette mode. Ici, je suis obligée d'y participer. »

Mme Pykström quitta la route principale, écarta une barrière de l'Office national des forêts et s'engagea sur un chemin menant loin dans les bois.

À destination, elle déchargea les seaux de la plate-forme de la voiture et indiqua à Vatanescu la direction dans laquelle il avait une chance de trouver des mûres jaunes. Elle fouilla dans les poches de son coupe-vent, en sortit un téléphone et le lui donna. Il contenait une carte prépayée et un seul numéro en mémoire. Celui de Harri Pykström, qu'il fallait appeler dès que la récolte serait terminée. Ils viendraient le chercher.

Les arbres grinçaient comme s'ils se parlaient entre eux. Tandis que Vatanescu examinait la carte, le lapin aperçut un lemming. Les animaux se regardèrent, s'interrogeant peut-être sur ce nouveau congénère, ou se demandant quel concurrent convoitait leur territoire. Vatanescu chassa les derniers effets de sa gueule de bois par une poignée d'airelles acides. Mme Pykström avait marqué de cercles rouges les endroits les plus riches en baies, de bleu les zones moins importantes et d'une croix les coins sans intérêt.

Myrtille.

Airelle.

Myrtille. Airelle. Myrtille airelle myrtille airelle.

Le lapin, pris d'un coup de fatigue, s'arrêta aux pieds de Vatanescu, qui l'installa dans son écharpe de portage.

On va chercher jusqu'à ce qu'on trouve.

D'après la carte, nous ne sommes qu'à quelques kilomètres du but.

Vatanescu, par moments, ne savait plus où il

était, l'aiguille de la boussole s'affolait et, plusieurs fois, il eut envie d'abandonner. Il avait néanmoins confiance dans la parole de son gros ami finlandais et de sa femme et voulait faire une dernière tentative. S'il ne trouvait rien, il devrait sans doute se regarder en face et admettre son échec. Rentrer chez lui les mains vides, des ampoules aux talons, le moral à zéro.

À l'endroit précis où Mme Pykström avait tracé un cercle, il vit pour la première fois poindre du jaune.

Sautant de motte en motte, s'enfonçant jusqu'aux genoux ou trouvant parfois de vieux platelages, le mendiant et le lièvre cheminaient côte à côte.

L'Eldorado.

Des chaussures à crampons.

Des mûres jaunes.

Vatanescu s'arracha au marécage tel un mythique champion de ski finlandais.

Come to daddy.

Aucun sacrifice n'aura été vain.

Après un pierrier, un mamelon et encore un pierrier, Vatanescu et le lapin arrivèrent à une tourbière entourée de collines, grande comme quatre terrains de football, couverte de baies jaune orangé qui ne demandaient qu'à être cueillies.

Je suis... riche...

Servies fraîches avec du fromage lapon, macérées dans l'alcool pour en faire une liqueur, en confiture, broyées pour en extirper l'arôme, plus la transformation était poussée, plus les bénéfices étaient gros. Vatanescu plongea les mains dans le tapis de chicoutés, en arracha une poignée, les laissa retomber en pluie sur sa tête. Il en goûta : une pulpe molle, avec au milieu des pépins croquant sous la dent.

Un goût amer.

Mauvais.

Peu importe.

Rare.

Donc cher.

Vatanescu, rasséréné, entreprit de remplir ses seaux.

Je serai propriétaire de l'équipe de football dans laquelle jouera mon fils. Il aura les meilleures chaussures à crampons qu'on puisse trouver sur le marché, je lui apprendrai à faire un double nœud à ses lacets et je me tiendrai au bord du terrain.

Je ne crierai pas comme un sauvage. Je n'insulterai pas l'adversaire. Je n'en ai pas besoin.

Miklos est le meilleur. Le fils d'un ramasseur de baies subitement enrichi.

Vatanescu poursuivit sa cueillette jusque tard dans la nuit, sans oublier un seul mûron, et, quand le soleil se leva, tous ses seaux étaient pleins. Il transforma la tente que Mme Pykström lui avait donnée en un sac d'une contenance de deux mètres cubes et le remplit lui aussi. Laissant derrière lui la tourbière vide, il traîna la tente jusqu'à son camp de base, où se trouvaient déjà les seaux, et tâta ses poches.

Harri Pykström va me conduire à des acheteurs avec ma récolte.

Le téléphone ?

Le téléphone ?!!!

Tombé quelque part dans la tourbière, il s'oxydait dans ses profondeurs. Personne ne le retrouverait jamais, sauf peut-être un archéologue soucieux de comprendre l'agitation désordonnée de l'humanité dans la première décennie du XXIe siècle, à l'ère de l'accumulation.

Pas de panique.

Vatanescu regarda sa boussole. Il retrouverait bien son chemin.

Deux pas en avant, un pas en arrière.

Une route.

Une route et une voiture.

Une route où passent des voitures.

Je peux très bien porter huit seaux à la fois.

Vatanescu trouva en guise de palanche une longue et solide branche d'arbre. Il la posa sur ses épaules comme le faisaient les esclaves en Égypte et les femmes dans le Häme. Il demanda au lapin de passer devant, de lui ouvrir la voie, d'éviter les trous d'eau.

Là où y a une route, il y a des gens. Quelqu'un passera sûrement. Un sauveur. Un camping-car allemand. Un futur champion de rallye local.

Vatanescu avait à peine fait péniblement trois pas que tout explosa.

Du sable, des pierres et des mottes de mousse volèrent.

Je suis mort.

Vatanescu avait perdu l'ouïe. Il ne percevait plus aucun bruit extérieur, mais les battements de son cœur résonnaient dans sa tête comme si des voisins écoutaient Rammstein.

Je ne suis pas mort ?

Et le lapin ?

L'animal tremblait, perché sur une grosse pierre qui était tombée à côté de lui. Vatanescu s'approcha tout doucement, le prit entre ses mains et le mit à l'abri sous son aisselle. Puis il ramassa les seaux restants.

Des manœuvres militaires ?

La guerre ?

Une explosion nucléaire ?

La fin du monde ?

Vatanescu partit au hasard dans la tourbière, il n'était plus guidé par sa boussole et par sa raison, mais par la peur de la mort et par la panique, dont il était à deux doigts. Soudain, il sentit sous ses pieds un terrain plus ferme, tassé par le passage de rennes ou d'humains.

S'il y a un sentier…

… il y a au bout une route…

S'il y a une route…

… il y a au bout…

… des gens.

Le sentier menait vers des bouleaux nains et quelque part, au-delà, vers un lieu invisible.

Pour qu'il y ait une explosion, il faut une intervention humaine. Le dynamiteur aura une voiture. Les voitures ont des crochets d'attelage. On peut y accrocher une remorque. Mes baies voyageront dans la remorque.

Vatanescu sentit son corps tressaillir. Était-ce juste les battements de son cœur ? Sans doute pas, car la vibration se transmettait du sol à ses plantes de pied.

Le rythme s'accéléra, tou-toum, mou-mou, boumboum !

Je suis peut-être vraiment mort.

Je suis peut-être en enfer.

Le site de construction du plus grand complexe touristique des pays nordiques, regroupant entre autres un centre commercial, des hôtels et un golf, avait été facile à choisir, à l'emplacement précis de la pointe d'un compas planté sur une carte pour y tracer un cercle de trois cents kilomètres de rayon. La zone de chalandise s'étendait sur quatre pays. Une résidence pour retraités était aussi prévue, avec vue sur un paysage exotique — dès la décision prise, le promoteur avait commencé à recevoir des réservations des États-Unis, du Canada et de dicta teurs d'Amérique centrale. Plus une patinoire couverte, sur le territoire de la commune de Raattama, où jouerait en catégorie intercontinentale l'équipe finlandaise professionnelle de hockey sur glace. Des boutiques de vêtements, des concessionnaires automobiles, des hypermarchés, un loueur d'engins.

Les activités commerciales donneraient naissance à une ville.

Celle-ci aurait besoin de services publics, d'établissements de soins, d'une bibliothèque, d'écoles. Le projet serait ainsi à moitié financé par des fonds publics.

Ce serait comme un bateau de croisière des temps modernes combiné à un chantier du genre de celui de Kostomoukcha ou aux villes champignons des chercheurs d'or. Un nouveau Las Vegas, comme l'avaient souligné les promoteurs Taive Sikari et Kerkko Kolmonen dans leur discours inaugural, avant de couper le ruban, de poser la première pierre et de sourire aux photographes.

Une fois le contrat signé, il avait fallu recruter de la main-d'œuvre pour le chantier. Kolmonen et Sikari n'avaient pas prévu d'appliquer la législation finlandaise sur le temps de travail et le salaire minimum, sans parler des exigences des syndicats et de leurs représentants. Les monuments les plus remarquables de l'humanité ont toujours été construits par des ouvriers venus d'ailleurs — esclaves, immigrés ou peuples autochtones. Finnois, Indiens d'Amérique, Chinois. Il ne s'agissait pas d'exploiter la main-d'œuvre, mais de lui verser des salaires proportionnés à son niveau et sa situation d'origine. Pour six euros, un chômeur finlandais ne bouge de son canapé que pour aller faire son loto sportif. Un Estonien, pour le même prix, quitte sa famille, loge dans une caravane et travaille quatorze heures par jour.

Près de la moitié des travaux avaient déjà été

réalisés. Des camions entraient et sortaient par la grille, des grues se découpaient sur le ciel, soulevant et déplaçant les matériaux de construction.

Vatanescu rampa hors des buissons. Devant lui, une route boueuse et un grand panneau : NSDAC CONSTRUIT À L'EMPLACEMENT DU PARC NATIONAL LE NATIONAL IDEA PARK. ACHÈVEMENT DES TRAVAUX : PRINTEMPS 2013.

Vatanescu secoua la terre de ses vêtements et s'assura que le lapin allait bien. Il tremblait et gardait les oreilles couchées.

Rien ne presse.

Calme-toi.

Pas de panique. Je vais arrêter ce camion.

Vatanescu se posta au milieu de la route et écarta les bras. Le Scania freina et stoppa à moins d'un mètre de lui. Il était conduit par un dénommé Õunap, petit truand estonien dans une précédente vie — contrebande d'alcool et de cigarettes vers la Finlande, discrets jobs de chauffeur et revenus déclarés proches de zéro.

Puis les frontières et les États s'étaient stabilisés, il était tombé amoureux, s'était marié et reproduit et avait promis de nourrir honnêtement sa famille. La Finlande avait offert sur ses chantiers, jusqu'en l'an 2000 et encore un peu après, autant de travail qu'on en voulait. Õunap avait économisé de quoi monter sa propre entreprise en Estonie.

Sa société, Tôle et Béton, avait pris un bon

départ. Mais tout était vite allé de travers. Fluctuations de la conjoncture + crise financière internationale = faillite de Tôle et Béton. Il avait dû retourner en Finlande et accepter le premier travail venu pour un salaire minimal. Ce qui était malgré tout moitié mieux que les billets de banque chiffonnés de sa patrie.

Pour l'instant, dans la cabine de son semi-remorque, Õunap trépignait, frappait à la vitre et klaxonnait. Il ouvrit la fenêtre et jura dans toutes les langues qu'il connaissait. Vatanescu était toujours sourd.

On va aller chercher mes baies. Je te donne trente pour cent.

Le conducteur passa le haut du corps par la fenêtre, attrapa Vatanescu par les oreilles et le secoua. De son conduit auditif tombèrent de petits cailloux, du sable et de la mousse, le projetant soudain dans un univers sonore d'apocalypse, bande-son de notre époque postmoderne.

Quarante pour cent?

Le conducteur ouvrit la portière côté passager et ordonna à Vatanescu de monter. En combinant quatre langues aussi mal parlées les unes que les autres, un début de compréhension se fit jour. Õunap exigea de savoir pourquoi le Polonais n'était pas au rendez-vous à l'aéroport de Kittilä. Il avait perdu trois heures à l'attendre pour rien. Était-il stupide, ou juste empoté? Pourquoi les Polonais étaient-ils tous tarés?

Je ne suis pas polonais.

Je suis Vatanescu.

J'ai cueilli des baies.

Quarante-cinq pour cent.

Õunap lui enjoignit d'arrêter ses conneries.

Cinquante pour cent.

Soixante-quinze. Mon fils a besoin de chaussures à crampons.

Õunap lui ordonna d'oublier ses baies et d'écouter. La seule chose qui comptait était de couler la dalle du parking de l'aile D. Le chantier était en plan parce que la pompe se trouvait à l'arrière du camion qu'il conduisait. Le Polonais trouverait à ses pieds un casque, un gilet réfléchissant, des chaussures à embout en acier et une ceinture à outils.

Je ne suis pas un bétonneur, je suis tout un chacun.

Je suis un ramasseur de baies. Vraiment.

«Tes baies, tu peux te les mettre où je pense. Tu es un bétonneur. Un guniteur.»

Bottes de sécurité aux pieds, casque sur la tête, lance à béton à la main, par groupes de trois. En plus de Vatanescu et d'Õunap, l'équipe comprenait Goodluck Jeffersson. Un géant ghanéo-norvégien arrivé sur le chantier du National Idea Park après avoir travaillé sur des plates-formes pétrolières et dans des usines de transformation de poisson. Au Ghana, il avait obtenu un doctorat, mais son rôle éthéré d'intellectuel engagé avait rendu l'âme sur le bateau à bord duquel il avait, avec 2456 autres personnes économiquement faibles, franchi la Méditerranée pour débarquer en Italie.

Vatanescu travailla sans relâche une journée, puis une deuxième, et, au milieu de celle-ci, il oublia pour la première fois ses baies. Le lapin l'accompagnait, caché dans sa combinaison de chantier, et pointait de temps en temps le nez par l'ouverture de son col, pour voir si le lieu ou les circonstances avaient changé, mais n'osait pas encore sortir, préférant rester dans sa rassurante odeur de sueur. Toutes ses pensées et tous ses sentiments quittèrent peu à peu Vatanescu, ne laissant subsister que la lance à béton à laquelle il était désormais soudé.

Au troisième soir, quarante-huit heures de congé l'attendaient.

Jeffersson et Õunap portèrent Vatanescu par les bras et les jambes jusqu'au refuge destiné aux randonneurs dans lequel ils avaient élu domicile, lassés de vivre dans une caravane où il faisait toujours trop froid ou trop chaud et où des souris, et même un rat, trottinaient par terre et jusque dans le placard à provisions.

Jeffersson avait installé l'électricité dans le petit chalet de dix mètres carrés, chauffé par un poêle à bois. L'endroit était aussi accueillant que pouvait l'être le logement de deux mâles hétérosexuels. Aux murs étaient punaisées des photos de leurs enfants et de la plus belle femme du monde, selon Jeffersson, la lanceuse de javelot Trine Hattestadt, dont il appréciait la présence à la fois solide et chaleureuse. Il se serait bien vu passer auprès d'elle le restant de ses jours, dans une atmosphère relativement sereine, contrairement à sa précédente vie avec ses quatre épouses.

Vatanescu s'était endormi pendant que ses deux compagnons le portaient et, une fois dans le refuge, sur sa couchette du haut, il sombra dans une inconscience sans fond. Le lapin sortit timidement de sa combinaison et sauta droit sur les genoux d'Õunap.

Õunap touillait de la soupe dans une grande casserole. Vatanescu demanda combien de temps il avait dormi.

« Dix-huit heures. »

Le micro-ondes sonna et Õunap en sortit une pizza aux légumes pour le lapin. Il fit remarquer que ce dernier était une vraie source de joie, presque comme une présence féminine. Pas au sens sexuel, mais intellectuel, parce que péter et déconner entre hommes finissait par être lassant. Avec le lapin, on faisait plus attention à ses chaussettes sales et à ses canettes de bière vides.

Vatanescu tenta de se retourner, mais chaque muscle et chaque tendon de son corps lui faisaient mal. En réponse à ses gémissements, Õunap déclara que sa carcasse finirait par comprendre qu'il était inutile de se plaindre, parce que le travail était inépuisable.

Vatanescu se força à se mettre sur le ventre, se hissa jusqu'au bord de son lit et regarda les madriers des murs, la fenêtre graisseuse et

Jeffersson, occupé à triturer la manette d'une PlayStation.

Les baies. On partage. Trente-trois, trente-trois, trente-trois.

Õunap cessa d'agiter son tournevis dans la casserole et servit à Vatanescu une grande assiettée fumante de pot-au-feu de queue de renne. Quand Vatanescu en eut avalé une dizaine de cuillerées et fut vraiment réveillé, Õunap le pria de l'écouter.

« La cueillette est une activité en déclin. Comme l'élevage de rennes. »

Il souligna que, dans le monde actuel, il ne fallait pas être ramasseur de baies, mais investisseur en capital, revendeur ou producteur de divertissement. Il fallait créer une auto-entreprise ou, mieux encore, une société en nom collectif ou anonyme, pour payer moins d'impôts.

« Des dividendes, des déductions pour frais professionnels et tout le bazar, renchérit Goodluck Jeffersson sans lever le nez de sa course de 110 mètres haies.

— Regarde par la fenêtre », dit Õunap.

On ne voyait rien à travers l'accumulation de graisse et de décennies, mais il demanda à Vatanescu d'user de son imagination.

« Avant, il y avait là les monts Pallas. Demain, il y aura un hôtel. Les anciennes collines ont été mises de côté, on va en faire une seule montagne géante. Des télésièges, un grand tremplin, une piste de descente. »

Écoute ! Vraiment… il y en a des masses… des jaunes… Elles sont à l'abri là-bas, je les ai cachées.

«Vatanescu», dit Õunap en le regardant droit dans les yeux.

Quoi ?

«Ton marais à chicoutés.»

Eh bien ?

«On en a fait un parking.»

L'eau se mélangeait au ciment. Le béton jaillissait. Les surfaces vitrées étaient si nombreuses que le bâtiment, même terminé, aurait l'air inachevé. Les planchers, les murs, les toits, une fois finis, dureraient deux décennies, jusqu'à ce qu'on les démolisse pour construire du neuf à la place. Des câbles, des canalisations, des poutraisons, des cloisons préfabriquées, des dallages, des drains, une centrale électrique d'appoint, des systèmes de sécurité.

Petite parcelle d'un grand tout, au milieu des machines, des hommes et des explosifs, notre héros s'était résigné à son sort, qui était meilleur qu'il n'en avait l'air au premier abord. Petit à petit naissait un nouveau monde, un paradis commercial, et Vatanescu se satisfaisait de participer à sa construction. Chaque journée de travail avait un sens. Jeffersson avait bricolé dans un coin du refuge un chalet miniature pour le lapin et les trois hommes vivaient là comme des frères, ou comme les pensionnaires d'un internat de garçons.

Vatanescu pompait du béton, portait des poutres, apprenait de Jeffersson le métier de charpentier, maniant bientôt d'une main sûre le niveau à bulle et la scie à guichet, la boîte à onglets et la guillotine à stratifié. D'Õunap, il apprit comment rentabiliser ses soirées : en jouant au poker avec les rares Finlandais présents sur le chantier. Les jours de paie, on pouvait quintupler son salaire.

Six cents… sept cents… sept cent quarante euros. Nous y sommes.

Õunap emmena Vatanescu à Muonio dans son camion. Ils achetèrent dans un magasin d'alimentation du papier à cigarettes, des boîtes de thon, de la viande en promotion pour cause de date de péremption prochaine, de la bière de table finlandaise présentée en pack avec poignée et trois saucisses de foie à tartiner, l'en-cas préféré de Jeffersson.

Puis direction le magasin de sport.

Je connais Adidas, Nike et Reebok. Est-ce qu'il y a encore mieux ? Ce n'est pas une question d'argent.

Ce n'était pas la bonne saison, la période était mal choisie, expliqua le vendeur. L'hiver approchait et on n'avait traditionnellement en stock que des skis, de fond, de descente, de randonnée et autres. Ces messieurs voulaient-ils qu'il leur en montre ? Ou du matériel pour la pêche sur glace, ou des gants chauffants pour la chasse ? Des raquettes ? Le magasin ne serait pas livré en chaussures à crampons avant avril, le football n'est pas le loisir numéro un des jeunes de la région.

« Motoneige, ski, pêche, you know. Tous les sports de nature. »

Jeffersson tapota l'épaule de Vatanescu et lui interdit de se laisser abattre. Ils pouvaient toujours passer commande par internet sur son ordinateur.

Parmi un choix infini, ils cliquèrent sur les chaussures à crampons vantées par le footballeur le mieux payé du monde. Ce garçon des rues d'une vingtaine d'années aux cheveux enduits de gel touchait des dizaines de milliers de dollars pour chaque minute de vie, de respiration et de crise de colère. Le prix de la minute de Vatanescu, d'Õunap et de Jeffersson valait un million de fois moins.

La commande de Vatanescu était passée, il ne manquait plus que ses coordonnées bancaires pour le paiement en ligne.

Code de banque ? Numéro de carte de crédit ? Nom ? Adresse ?

Eh oui.

Je vais me coucher.

La rage au ventre, Vatanescu maniait la lance à béton avec une telle efficacité qu'il fut promu chauffeur de camion. Le mendiant roumain sans permis allait maintenant à son tour chercher les nouveaux venus à l'aéroport et à la gare. Personne ne savait qui il était, rares étaient ceux qui s'intéressaient au passé des autres, l'avenir était le même pour tous : si possible meilleur. On l'appelait Ivan le ferrailleur bulgare ou Miroslav le Polonais, quand on ne le traitait pas de fils de Bronislav ou de filou albanais.

Iegor Kugar avait dû réviser sa politique sexuelle. La baisse soudaine et inattendue de sa valeur marchande avait retenti sur la qualité de ses partenaires. Dans sa précédente vie, il invitait chez lui n'importe quelle pépée et elle accourait. Il lui suffisait d'accrocher un asticot à son hameçon et de jeter sa ligne dans l'eau pour ramener du poisson. Mais le cours de ses actions était maintenant en chute libre.

«J'ai dû prendre ce que je trouvais, des rogatons. Je suis tombé sur une mocheté locale devant le bureau d'aide sociale de Tikkurila et je l'ai gardée, parce qu'il n'était pas question pour bibi de dormir seul. Des nichons en gant de toilette, un cul comme un fauteuil sac, des bourrelets de cellulite de la largeur d'une main. Mais elle avait le cœur chaud, et c'était une femme.

Quand elle avait vu ma bagnole, elle

avait décidé qu'il valait mieux ne pas me contrarier. Elle encaissait les hauts et les bas tant que ma BMW Série 7 à propulsion arrière ronronnait sous son gros tarpé. Il y avait un toit ouvrant électrique, un équipement vidéo intégré, un frigo, le turbo et tout. La totale, payé cash, dans la monnaie de votre choix.»

Mais l'employeur d'Iegor Kugar lui avait supprimé sa voiture de fonction. Un matin, il avait trouvé à la place de sa BMW une Lada Niva de 1985 avec une vitre latérale remplacée par du carton et du ruban adhésif et à peine une goutte d'essence dans le réservoir. La même que celle dont sa mère avait longtemps rêvé, au pays des Soviets, sans que son tour sur la liste d'attente vienne jamais. Un message était cloué au volant par un poignard, lui conseillant de rester positif. Il pouvait s'estimer heureux d'avoir encore une bagnole. Iegor s'était rendu à pied à la plus proche station-service et, pour un vieux billet de cinq euros, avait rempli de super 98 des bouteilles de limonade vides.

«Plus personne ne me filait de boulot. J'ai appelé tous les numéros où on me répondait d'habitude joyeusement qu'on avait un job ou deux pour moi, des écrans plasma à chercher à Kerava pour les revendre à Malmi. Trois nanas à ramener de Tchéco et à mettre en vente pour la semaine dans un appart de Helsinki.

Au début, on m'a répondu d'un ton furieux. Puis on ne m'a plus répondu du tout.

Super, d'être blackboulé. Merci, Vatanescu.

L'hiver a été atroce, à geler les couilles, les voitures et les trains. J'ai commandé sur le net du Kamagra, la version cheap du Viagra, pour pouvoir au moins baiser, avoir quelque chose qui fonctionne encore dans cette foutue vie. Je me suis avalé toute la boîte et en deux minutes j'avais une gaule d'enfer. J'ai dit à ma mousmée de Tikkurila qu'elle pouvait rester à poil pour la journée. Elle n'était pas d'accord.

Elle m'a balancé qu'elle avait honte de se balader dans une Lada sans chauffage. Elle avait du mal à s'enflammer pour le propriétaire d'une voiture glacée. Elle voulait bien être à la colle avec un Russe à condition qu'il soit riche, mais si c'était pour se coltiner un fauché, elle avait ce qu'il fallait à domicile.

Putain, c'était dur à entendre, avec une bite XL au garde-à-vous. Puis elle s'est mise à parler de traumatismes d'enfance et de lutte des classes. Ses parents avaient une Lada quand elle était petite, ils la prenaient chaque été pour aller à Mänttää et ils écoutaient chanter Agit-Prop à la radio. Je n'ai rien compris, même si moi aussi, l'agit-prop me rappelait de mauvais souvenirs. »

Et Iegor Kugar resta assis nu sur son tabouret de cuisine avec son érection inutile. Sa moitié, sa compagne, sa nana ou ce que vous voudrez, Kaarina, rassembla ses affaires dans un sac en plastique et claqua la porte. Iegor était paralysé, incapable de réagir, de lui barrer la route, de la retenir de force ou même de lui jeter une canette de bière, ce qui était sa façon habituelle de résoudre les crises conjugales. Il se leva de son tabouret et regarda par la fenêtre. Kaarina monta dans une voiture qui attendait devant l'immeuble.

« C'était je ne sais quel ex-joueur de hockey. Je me suis fait souffler ma meuf par un dénommé Niko, de Hyvinkää.

J'ai craqué dès ma première nuit seul. Après, je n'ai plus dormi qu'avec des médocs, et j'en prenais dans la journée aussi. J'ai fait une dernière fois la tournée de mes anciens employés, Pirita et Marketta, qui turbinaient rue de Vaasa, m'ont donné du liquide pour une semaine, et j'ai pris tout ce qu'ils avaient aux quatre mendiants qui restaient. Puis je me suis enfermé chez moi.

Ma carcasse est habituée à baiser au moins une fois par jour. Si on m'empêche de tirer ma crampe, le jus de paf me monte à la tête. Je n'arrive plus à me concentrer, je pète les plombs, je prends de mauvaises décisions ou je n'en prends pas du tout.

Je suis resté couché sur mon matelas, trempé de sueur. Je tremblais, j'avais à la fois peur de crever et envie d'en finir, exactement comme quand je m'étais sevré de l'opium au Couillonistan. Le même désintérêt total pour mon propre sort. »

Il ne restait plus qu'un ami à Iegor Kugar, Naseem Hasapatilalati, un Indien qui tenait à côté de chez lui un petit débit de boissons non alcoolisées, journaux, tabac et produits alimentaires. Si quelque chose les unissait, c'étaient la solitude, le cafard et une bouillonnante amertume, qui est le carburant le plus puissant au monde.

Une semaine après que l'Organisation avait mis fin au contrat de travail d'Iegor, son propriétaire sonna à sa porte. Voyant qu'il n'ouvrait pas, il fit demi-tour et revint avec la police.

« Vous croyez que j'avais des antécédents de crédit impeccables, des coordonnées bancaires et un compte d'épargne ? Ou que le bail était à mon nom ? Eh bien non, il était au nom des Plombiers de Kostomoukcha S.A., et le loyer n'avait pas été payé. Après mon palace de Moscou, je n'avais vécu que dans des taules mises à ma disposition par l'Organisation. C'étaient parfois des caves, mais aussi, à un jet d'ascenseur, des penthouses au 38e étage.

J'ai glissé par la fente de la boîte aux lettres les derniers billets de banque de quatre États différents que j'ai pu trouver dans mon blouson de cuir et j'ai eu la paix quelques semaines. J'ai téléphoné à Naseem, dans sa boutique, pour qu'il me monte à bouffer. »

Un jeudi comme un autre, alors que Vatanescu dînait de boulettes de viande à l'ancienne réchauffées au micro-ondes, les premiers flocons voletèrent dans le ciel. Chez lui, on ne trouvait de neige que sur les plus hauts pics des montagnes. Ici, il y en avait partout, elle tombait en une masse uniforme, froide mais lumineuse, recouvrant le paysage d'un manteau d'ouate, ensevelissant les engins de chantier et les bâtiments en construction, faisant disparaître toute trace de présence humaine.

Vatanescu sortit dans la neige, pieds nus et en caleçon. Õunap referma la porte en vitesse pour éviter que la chaleur s'échappe, cria qu'il était fou et lui ordonna de rentrer avant d'attraper une pneumonie. Vatanescu écarta les bras, tourna sur lui-même, se laissa tomber sur le dos. Il ouvrit la bouche et sentit des flocons sur sa langue.

La vie est un conte de fées.

Le promoteur Kerkko Kolmonen frappa à la porte du refuge à cinq heures du matin. Il promit de doubler le salaire de sa meilleure équipe pour tous les jours d'avance qu'ils pourraient prendre sur le calendrier initial. Si le froid s'aggravait, on ne pourrait plus pomper le béton. Les lances et les tuyaux gèleraient.

« Cinq cents euros d'avance par tête de pipe », déclara Kolmonen.

Me voilà l'homme le plus riche de mon village.

Au travail.

Au même instant, mille deux cents kilomètres plus au sud, Iina Rautee examinait des photos satellite du chantier du parc national. Elle avait trouvé sa vocation et se sentait investie d'une mission : sauver le monde. Elle devait le préserver des machines, des hommes et de l'avidité dévastatrice du grand capital. Elle-même refusait l'entrave de l'argent et des biens matériels. Elle devait aussi sauver le monde de l'inconséquence de ses parents. Sa mère utilisait des produits de beauté testés sur des animaux. Son père mangeait les yaourts santé d'une entreprise multinationale et refusait de les abandonner pour du bio.

L'unique affiche de la chambre d'Iina Rautee représentait Ulrike Meinhof. Elle avait lu au lycée, en cours de littérature finlandaise, un roman d'autofiction sur l'organisation terroriste allemande des années soixante-dix et voulait vivre quelque chose de ce genre. De la même manière que les garçons de sa classe rêvaient d'une carrière de hockeyeur ou de musicien.

Le terrorisme était excitant. Il fallait bien plus de couilles pour être Ulrike Meinhof qu'Andy McCoy. À la dynamite et au fusil d'assaut vers un monde meilleur, en sacrifiant sa vie et celle des porcs capitalistes !

S'enchaîner à un bulldozer : quatre-vingts pour cent de protection de l'environnement, vingt pour cent de jeu sadomaso.

Iina avait laissé sur la table de la cuisine un mot disant qu'elle partait en congé de révision et reviendrait peut-être ensuite passer les épreuves du bac, mais qu'il était tout aussi probable qu'elle rejoigne les rangs de la révolution.

La révolution revendique, la révolution libère, avait-elle écrit, citant le compositeur interprète sud-américain Alfonso Parilla.

L'organisation Natur-Mili avait préparé son expédition au cours des deux mois pendant lesquels Õunap, Jeffersson et Vatanescu mettaient les bouchées doubles pour achever le chantier dans les temps. Un soir que Vatanescu posait une nouvelle fois sa tête sur l'oreiller à la fin d'une journée passée à transpirer malgré le froid, les militants de Natur-Mili prirent la direction du nord à bord d'un camping-car qu'ils avaient acheté à un type louche, un Russe à l'oreille coupée, dans le quartier du port de pêche.

À quelques jours de là, au lever du soleil, Vatanescu fit ce qu'il faisait chaque matin : il se lava le visage dans le clair ruisseau et gifla une ou deux fois ses joues mal rasées. Il était prêt à construire le paradis du commerce. Il n'avait pour toute compagnie que des rennes, qui s'ébrouaient eux aussi, dégourdissant leurs membres raidis par la nuit.

Vatanescu pissa dans la neige en sifflotant l'air qu'il avait chanté avec Harri Pykström. Il venait de finir de secouer son sexe quand son sifflement mourut soudain sur ses lèvres.

Il avait devant lui, sur trois rangs, des militants de Natur-Mili attachés aux engins de chantier par des menottes et des serre-câbles. Ils se mirent à scander :

« Parc na-tio-nal en danger !!! »

Puis cette phrase totalement incompréhensible :

« Vaa-taa-nes-cu… en danger !!! »

Vatanescu se pinça la peau du ventre. Oui, il était réveillé. Iina Rautee lui cria de s'arrêter, de rejoindre les manifestants.

« Nous sommes là pour te sauver, lança-t-elle. We save you !!! »

Merci.

Mais non merci.

On m'a déjà sauvé une fois.

J'ai revendiqué et j'y ai cru.

J'ai ôté avec un couteau l'emblème de la dictature du drapeau de mon pays.

Ça aussi, ce devait être la liberté.

Dans le ciel grondait un hélicoptère à la porte duquel était penché un cameraman. Vatanescu leva les yeux, il en arrivait toute une armada, comme dans le film *Apocalypse Now,* affrétés par des chaînes publiques et privées.

Il n'y a pas eu de liberté. Il y a eu le commerce des filles. La vente d'alcool. Des fast-foods et des établissements financiers. Mon départ pour quelque part, qui se trouve être ici, parmi vous.

Iina Rautee ronronnait de satisfaction, les images seraient diffusées sur CNN et aux quatre coins de la planète. Activisme now ! Maintenant ! Et au centre de ces images se trouvait Vatanescu, filmé par huit caméras. L'une zoomait sur ses yeux. Sur son regard brun empli de stupéfaction et de lassitude.

Vous ne savez pas ce que vous faites.

Vous gâchez tout.

Vatanescu se détourna et tenta de poursuivre son chemin.

Allez-vous-en.

S'il vous plaît.

Je me bouche les oreilles, allez-vous-en, je ferme les yeux, disparaissez. Je m'en vais.

En faisant demi-tour, Vatanescu se trouva nez à nez avec des caméramans ayant mis pied à terre et un journaliste sportif dépêché sur place alors qu'il couvrait un championnat de ski non loin de là. Les Finlandais auraient pu se classer parmi les huit meilleurs, mais ne l'avaient pas fait. Le reporter avait une question à poser à Vatanescu.

« Quel effet ça vous fait ? »

On ne peut jamais être tranquille ?

Vatanescu tenta sans succès de l'écarter de son chemin, avant de se décider à faire un pas de côté.

Ce pas le conduisit droit dans les bras d'Iina Rautee, qui l'attira contre elle. Notre héros se trouvait au mauvais endroit au mauvais moment, comme Charlot quand la planche portée par un gros costaud lui frappe l'arrière de la tête et que cette planche est le monde.

Des mains étrangères s'agrippèrent à celles de Vatanescu et entreprirent de les attacher avec des serre-câbles, le journaliste sportif lui fourra son micro sous le nez, une équipe de la Radio-télévision finlandaise arrivait en courant d'un côté, Radio-Laponie et Sixty Minutes de l'autre, et on apercevait même, dans la mêlée, la chapka en poil de loup de Hannu Karpo.

Si vous pouviez arrêter de gesticuler.

Qu'on prenne les choses calmement.

On enfila par-dessus la combinaison de chantier de Vatanescu un poncho de pluie aux couleurs de Natur-Mili. Au dos, un slogan préconisait la lutte armée contre les désastres écologiques et l'assassinat des dirigeants du G8, ou au moins leur rééducation immédiate. Vatanescu s'arracha aux mains qui le retenaient.

Le lapin !

Cours !

Iegor Kugar marchait dans une rue de Helsinki où le vent soufflait de six directions à la fois. Il était huit heures — du soir ou du matin, il n'en savait rien et c'était le cadet de ses soucis.

«Je ne me suis jamais plaint du climat au Zobistan, je n'ai rien dit non plus en Cafardie, mais devant la boutique de Naseem, j'en ai eu ma claque. Le vent mordait et cinglait. J'aurais juste voulu rester couché sous la couette, les rideaux fermés et la tête vide. J'ai essayé d'allumer une clope, mais les rafales m'en ont empêché. J'ai enfoncé mes mains dans mes poches aussi profond que possible et ce n'était pas difficile, il n'y avait pas ni roubles ni dollars pour leur barrer la route. J'ai relevé mon col et je me suis demandé si je ressemblais à De Niro dans *Taxi Driver*.

Non, putain, j'avais l'air de ce que j'étais, un loser total.

J'ai ouvert la porte de chez Naseem, le vent est resté dehors. J'ai demandé un paquet de cigarettes rouge, souple, et un petit café, noir. C'est de ça que je vivais. Du rouge et du noir. Le caoua de Naseem était comme de l'huile, ma vie comme de l'huile de vidange.

Naseem était content que j'aie réussi à mettre le nez dehors, je devais m'accrocher à ça, d'après lui. Donner un nouveau sens à ma vie. »

L'existence d'Iegor Kugar avait pourtant déjà un sens, celui de la dégringolade. S'il était allé jusqu'à la boutique de Naseem Hasapatilalati, c'était parce qu'on lui avait coupé le téléphone. Il ne pouvait plus passer commande comme d'habitude. Il n'avait plus goût à rien, plus d'érections matinales, plus de rut à la tombée du soir, plus envie de sortir la nuit draguer ou s'amuser.

Iegor tentait de trouver un peu de réconfort dans le journal de sa ville natale que Naseem Hasapatilalati commandait pour lui aux frais de sa boutique. Cette amabilité le touchait, mais il l'accueillait néanmoins avec suspicion, car il ne croyait pas à l'altruisme ni à l'absence d'arrière-pensées. On ne lui avait jamais rendu gratuitement service, et la réciproque n'était pas non plus dans ses habitudes.

« Peut-être que Naseem n'était pas de Calcutta mais de Nazareth.

J'ai lu les résultats et les commentaires de match de l'Avangard Omsk, l'équipe était mal barrée, si ce début de saison augurait de la suite. C'était ce qui m'était arrivé après le barbecue de Vatanescu, et voilà qu'en plus ils avaient recruté en Finlande un entraîneur et des troisième ligne, des besogneux de Hämeenlinna ou de Lahti, ce qui ne présageait rien de bon.

J'ai allumé une clope. Naseem a protesté que c'était interdit à l'intérieur, c'est ce qu'il disait toujours. C'était une blague entre nous, parce qu'à Saint-Pétersbourg et à Calcutta on mettait le feu comme on voulait à la comptabilité et aux gens. Il y avait peu de chances que des fonctionnaires de l'UE viennent nous embêter avec leurs directives.

J'ai eu une quinte de toux et je me suis ramoné la gorge, un crachat rouge a atterri sur le plancher, je ne sais pas si c'était du sang ou des glaires matinales. Dans un sens, ça m'aurait été complètement égal de finir les poumons mités par le cancer. »

La sonnette de la porte tinta, le livreur déposa les journaux de l'après-midi. Naseem coupa les liens des liasses et les disposa sur le présentoir. Il prit les affiches et les glissa dans leur chevalet.

Iegor était passé des pages sportives aux bandes dessinées, qui ne le faisaient pas rire. Imaginer que des gens étaient payés pour dessiner, que le public les appréciait et que certains devenaient même célèbres lui tapait sur les nerfs. Il pensa amèrement aux deux décennies entières qu'il avait sacrifiées à l'Organisation, sans pension de retraite ni médecine du travail. Toujours joignable, assumant tous les risques d'un entrepreneur indépendant, et tout ça pour se faire jeter comme une vieille chaussette.

Iegor écrasa sa cigarette sous sa semelle et termina son café. Le résidu noir, au fond du gobelet en carton, ressemblait à ce qui restait de ses forces et de sa soif de vivre. Un café corsé, fumant, réduit à l'état de gobelet écrasé manquant sa cible quand on le jetait dans la poubelle.

Iegor regarda par la fenêtre. Les quelques mètres le séparant de la porte de son immeuble semblaient autant de kilomètres. Il salua Naseem et sortit. Il tombait une fine neige mouillée. Un autocar patina en quittant son arrêt, des ivrognes chantaient une marche militaire.

Iegor songea à ce qu'il avait compris dès l'enfance. Les hommes sont des animaux. Concrètement et métaphoriquement. Tous sans exception, nous, vous et eux.

Naseem Hasapatilalati posa son chevalet sur le trottoir.

Iegor Kugar jeta machinalement un coup d'œil à l'affiche dont il ne comprenait pas la langue.

Il n'en avait pas besoin, la photo était assez parlante.

«J'en suis resté sur le cul. C'était la tronche de cake de Vatanescu qui me regardait droit dans les yeux.»

« Le Roumain Vatanescu travaille pour un salaire inférieur au minimum légal et vit dans des conditions inhumaines. Les grandes entreprises ont-elles oublié l'homme et l'environnement, est-ce la rançon de la mondialisation ? »

La Gazette du soir

« Tous les projets de construction engagés sur le territoire du parc national ont été suspendus jusqu'à ce que toute la lumière soit faite sur les questions touchant au respect de la réglementation, à la protection de l'environnement et aux conditions de travail. »

La Gazette du soir

« Une espèce rare de lapin a été observée dans la région. »

La Gazette du soir

« Soupçons d'irrégularités dans le financement du National Idea Park. Les salaires des ouvriers ont été comptabilisés sous forme d'indemnités kilométriques, de primes et de locations de machines.»

La Gazette du soir

«Kerkko Kolmonen recherché. Le promoteur a été vu pour la dernière fois à Pattaya.»

La Gazette du soir

Chapitre huitième

où Vatanescu se transforme en assistant
et amant d'une prestidigitatrice
et où Iegor redevient lui-même

Désolé les gars, déclara le seul représentant du promoteur qui avait osé rester sur le chantier. Il était obligé de remercier, sans solde, Vatanescu, Urmas Õunap, Goodluck Jeffersson et quatre-vingt-sept autres ouvriers polonais, russes, finlandais et ghanéens.

Les caisses étaient vides. La poursuite des travaux interdite. Le projet gelé pour des décennies et les écologistes sur le pied de guerre. La seule activité envisageable était de reconstituer en état les collines arasées.

« On vous rappellera. Inutile de nous téléphoner. »

Trois mille euros de salaire en retard.

« Est-ce que j'ai l'air d'avoir de l'argent sur moi ? »

Je veux mes trois mille euros.

Je veux des chaussures à crampons.

« Est-ce que nous avions un contrat ? Pas que je sache. Si oui, réclamez vos arriérés au fonds de garantie des salaires. »

Sur ce, l'homme tenta de fuir, mais courut droit dans les bras de la police qui lui passa les menottes et le pria poliment de prendre place sur la banquette arrière d'une Ford Mondeo. Les représentants de la loi promirent de revenir chercher le reste du groupe dès que les principaux responsables auraient été emmenés en lieu sûr. Ils vérifieraient les permis de travail et les papiers d'identité des ouvriers et ceux qui n'étaient pas en règle seraient mis au chaud en cellule.

Sauve qui peut !

Suis seul ta propre route, où qu'elle mène.

Jusqu'au bout.

Vatanescu, Jeffersson et Õunap coururent au refuge. Le lapin sous le bras, quelques affaires jetées en vitesse dans un sac polochon et adieu le parc national, par les chemins de grande randonnée.

Après avoir crapahuté dix kilomètres dans la neige, ils s'arrêtèrent dans un refuge pour manger. De ses solides dents d'un blanc étincelant, Goodluck Jeffersson déchira l'emballage d'un paquet de saucisses. Õunap tailla à l'aide d'un cutter des baguettes pour les faire griller et Vatanescu alluma un feu de camp. Au cours de ces mois passés au National Idea Park, il avait appris à doser avec précision l'écorce, les copeaux et les brindilles, à déterminer avec l'index la direction du vent et à économiser les allumettes.

Dans le silence, à la lumière du feu dansant sur les visages, la graisse tombait en sifflant sur les braises et la peau des saucisses pétait. Les trois hommes les assaisonnèrent de cette moutarde en tube jaune qu'ils avaient appris à aimer au cours de leur séjour sur le chantier. Le lapin passait de genoux en genoux, chacun d'eux le grattouillait à tour de rôle et, grâce à lui, le silence perdit sa noirceur, remplacée par une lueur d'espoir.

Au matin, ils poursuivirent leur chemin en silence et se séparèrent au bord de la route n° 79, qui coupait en deux les immenses étendues de neige vierge. Là, ils échangèrent quelques blagues forcées, indispensables, car ils étaient arrivés au bout de leur aventure partagée et éprouvaient les uns pour les autres de l'estime et du respect. Un sentiment de camaraderie, une solidarité soudée par la vie sous un même toit et les journées de travail en commun dans le froid. Ils étaient maintenant pressés de partir avant qu'une larme leur coule sur la joue ou que leur voix les trahisse. Ils s'en remirent donc à une solution virile éprouvée tout au long de l'histoire de l'humanité, l'humour.

Õunap proposa de former une troupe de strip-tease masculin, comme dans ce film avec des chômeurs. Goodluck Jeffersson répliqua que sa religion, le physique de Vatanescu et le sens du rythme d'Õunap s'y opposaient.

Portez-vous bien.

Si tel est notre destin, nous nous reverrons.

Et c'est ainsi que Goodluck Jeffersson prit vers l'ouest, car il pensait y trouver une station de ski, une femme et une famille, à moins que sa route ne le mène au Ruisseau-à-la-con ou à la cabane des Gorges-Pantelantes. Urmas Õunap mit le cap à l'est pour réaliser son plan B. Il avait gardé de ses années d'école de mauvais souvenirs et une connaissance du russe dont il n'avait jamais eu besoin et qu'il s'était surtout efforcé d'oublier. Mais ici, en Laponie, le russe était un atout maître dans la concurrence sur le marché du travail, surtout pour un guide ou un loueur de chalets. Venue de l'immense Russie, une classe moyenne toujours plus nombreuse et plus avide de dépenser son argent franchissait en masse la frontière.

Et moi, où vais-je aller ?

Vatanescu, guidé par son instinct, partit à pied en direction de Kolari, au sud. Le Nord n'avait plus rien à lui offrir, pas même des chaussures à crampons. Impossible de cueillir des baies avant au moins six mois, et redonner ses lettres de noblesse à l'élevage de rennes prendrait une génération, voire deux.

Vatanescu monta et descendit des collines, emprunta des pistes de motoneige, évita les aménagements hôteliers d'Äkäslompolo et passa au large de villages de vacances en construction où, sous la neige, des hourdis préfabriqués, des plaques de polystyrène et des tas de gravillons attendaient le printemps.

Il tomba pour finir, dans une longue ligne droite, sur une voiture qu'il connaissait. La Volvo XC90 de Thomas Weissbier rouillait là où il l'avait laissée. Son propriétaire avait préféré encaisser l'indemnisation prévue en cas de vol et en racheter une flambant neuve. Ainsi va le monde, les objets ont une valeur d'achat, une valeur de vente, une valeur d'assurance, une valeur de revente, une valeur sentimentale, une valeur de vol, une valeur de démolition et une valeur d'échange.

Qui paierait quoi que ce soit pour moi ?

Qu'ai-je à donner en échange ?

En garantie ?

Ai-je la moindre valeur ?

Vatanescu ouvrit la porte côté conducteur et tourna la clef dans le contact. Pas un bruit, rien que le silence et la vapeur de sa respiration devant son visage.

Le lapin sauta sur la plage avant, la chaleur de son petit corps fit peu à peu fondre le givre du pare-brise. Il regarda dehors par l'ouverture ainsi formée, Vatanescu se pencha vers lui, si près qu'ils sentirent mutuellement leur faible et unique souffle, et, peu à peu, la glace fondit assez pour qu'ils voient tout le paysage enneigé, baigné par le clair de lune.

Iegor Kugar avait besoin d'un ordinateur et d'une connexion internet. Il n'avait pas d'argent et Naseem Hasapatilalati ne voulait pas empoisonner leur amitié avec des reconnaissances de dette. Iegor se rappela que ses anciennes employées s'amusaient à chercher leur propre photo sur le web et il fila sonner à l'interphone de la rue de Vaasa. Ou, plus exactement, il grimpa par l'escalier d'incendie sur le balcon et entra par là dans l'appartement. La locataire, Natacha, avait un client dans son lit et un ordinateur portable Toshiba sur sa table de chevet. Iegor lui ordonna de garder la pose et l'air blasé, et à son micheton de conserver son visage cramoisi, sa mine stupéfaite et son érection. Il prit le Toshiba sous le bras et se carapata comme un rat.

> « Cette salope m'a crié du balcon que j'aurais des ennuis. Que tout le monde savait que je n'avais plus une miette de
> r. »

Iegor était conscient de sa situation. Il savait qu'il avait été dès le départ un exclu, mais plutôt privilégié parmi ses semblables. Maintenant, il tombait en chute libre vers un filet de sécurité dans lequel s'ouvrait un trou de jour en jour plus grand. Il avait bâti toute sa carrière sur la peur qu'il inspirait et le respect qui en découlait. Il avait été un loup, les autres des agneaux.

C'est le sort des truands, du premier au dernier jour. Rares sont ceux qui veulent devenir des criminels dès la maternité, cette voie s'ouvre à vous par une série de hasards, petits ou grands. À l'endroit d'Iegor Kugar, la roue de l'histoire avait pris un drôle de tournant, qui l'avait conduit des rives de l'océan Arctique à la rue de Vaasa.

Personne ne se ferait truand s'il pouvait obtenir légalement le même niveau de vie, assorti d'une pension de retraite. Et à supposer que ce soit financièrement possible, à quel point de son existence et de son destin faudrait-il sauter du train du banditisme ? Car ce train file à toute vapeur, à toute électricité, à travers des tunnels et droit dans le mur. C'est un TGV. En deux semaines de travail, un gangster gagne autant qu'un vendeur de drive-in en trois ans. Il n'a pas besoin de lécher les bottes du système, de remplir des formulaires ou de demander des crédits immobiliers. La pègre a bien sûr aussi sa hiérarchie, mais le nouveau venu ne s'en aperçoit pas tout de suite, dans l'euphorie des débuts. Il trouve une famille auprès des autres mafieux, la drogue coule à flots, les missions sont intéressantes. On suit ses propres lois, les femmes s'offrent et se prennent.

> « Le danger, c'est chaud, ça attire les gonzesses. Ça ne s'explique pas, c'est comme ça. J'ai même baisé un certain nombre d'universitaires parce qu'elles trouvaient que mon animalité, ma violence et mon imprévisibilité faisaient un bon sujet de recherche. Comme mon pénis nettement plus long que la moyenne. »

Mais on avait arraché au loup ses crocs, ses attributs virils et sa liasse de billets de banque, et les agneaux s'étaient transformés en loups. Iegor Kugar connaissait le phénomène, mais il n'aurait jamais imaginé finir dans la peau de l'agneau. Telle était cependant la réalité, c'est ainsi si cela vous semble, comme aurait dit Kekkonen, et Iegor le savait aussi.

> « Je n'allais pas tarder à récolter une épitaphe de deux lignes à la rubrique des faits divers d'un journal local : *Un Russe tué dans un passage souterrain. Ses créanciers réclament leur dû et Natacha son portable.* »

Les mauvais pressentiments d'Iegor Kugar se confirmèrent quand il vit devant chez lui trois costauds en blouson de cuir dont l'un portait une tronçonneuse-disqueuse et les deux autres de gros marteaux. Ils devaient être là pour l'ordinateur de Natacha, d'où un repli rapide vers la réserve de Naseem Hasapatilalati. Celui-ci se déclara prêt à héberger et protéger son unique ami, mais pas au prix de sa vie. Iegor Kugar accepta ses conditions.

Naseem lui apportait dans son réduit de la nourriture et des journaux, après avoir frappé selon un code convenu. Pour le reste, le cadenas de la réserve restait fermé, et Iegor poussa des étagères devant la porte. Il connaissait les clauses contractuelles de l'Organisation, il les avait lui-même signées de son sang. On ne se séparait pas d'elle en bons termes. Quant aux mauvais, il n'y avait que deux solutions. En très mauvais termes ou en termes exécrables. Dans le premier cas, il fallait céder à l'Organisation ses biens matériels, un petit doigt ou un bras. Dans le second, sa vie elle-même, et il suffisait pour cela que la direction de l'Organisation vous juge inutile. Quand elle n'avait plus l'usage d'un homme du genre d'Iegor, il devenait pour elle une menace. Il en savait trop, il parlerait forcément. La meilleure solution, du point de vue de l'Organisation, était de mettre fin à sa carrière de balance avant même qu'elle ait pu commencer.

Les journées d'Iegor Kugar s'écoulaient donc sur son matelas, devant son ordinateur allumé. Il ne s'intéressait ni aux sites pornos ni aux résultats de hockey, mais à son ancien employé et actuel ennemi juré, le mendiant roumain. Et il le trouva, dans des vidéos, gratuites ou payantes. L'affiche du journal n'avait été qu'un début, le moteur de recherche dévoila à Iegor toute l'ampleur du phénomène, avec plus de cent mille occurrences du nom de Vatanescu.

> « Grâce au système de traduction de Google, j'ai réussi à comprendre les textes, même si les photos en disaient déjà bien assez long. Ce mec était partout, avec sa gueule et son allure de gant de toilette, mais les gens en étaient dingues. Les définitions qu'on en balançait aux gogos me sont restées en travers de la gorge :
> Le symbole de la décroissance.
> Le sauveur d'un trésor national.
> Whaaaaaat !!! »

Quand Iegor Kugar prit la mesure de la popularité de Vatanescu dans les médias sociaux, il s'inscrivit sur Facebook. Il voulait tester sa propre valeur marchande.

> « Je me suis fait en tout et pour tout un ami. Ma mère. Elle m'a demandé quand je rentrais à la maison, elle n'avait plus rien à boire. J'ai cliqué sur j'aime. Puis j'ai répondu oui oui, j'arrive, dès que tu m'auras dédommagé pour un certain nombre de choses que tu as oublié de me

donner dans mon enfance : l'amour, la sécurité, la chaleur, la nourriture. »

Après cette expérience, Iegor Kugar eut encore plus de mal à encaisser le visage de Vatanescu quand il tombait dessus sur YouTube, dans les sujets légers abordés à la fin du journal de MTV3 ou dans des talk-shows.

> « Pourquoi est-ce qu'on ne parlait nulle part de ce qu'il était vraiment ? ! Un voleur et un briseur de contrat. Un escroc roumain.
>
> Et il était toujours avec cette espèce de putain de rat qui rendait les gens encore plus dingos. Il leur arrachait des larmes, avec cette sale bête. Sans aucune vergogne. Sur les forums, il y en avait qui se demandaient si ce type était une invention d'une agence de pub, pour se trouver toujours au bon endroit. Et pour les écolos, c'était l'incarnation même de la condition de vagabond. »

Mais pour Iegor, le pire était encore à venir. Il le découvrit dans le journal russe où il suivait les résultats de son équipe de hockey favorite.

À l'école primaire de Puistola, en première année, Sanna Pommakka ne voulait ni s'occuper de chevaux ni devenir infirmière comme les autres filles de sa classe. Elle voulait bluffer et épater les gens. Elle voulait faire des tours de magie. Amener son public à s'étonner et à se demander comment elle faisait ça. Et ça ? Et surtout ça ?

En 1981, à l'âge de sept ans, Sanna Pommakka avait trouvé à la bibliothèque annexe de son quartier le *Grand Livre de la prestidigitation* de Solmu Mäkelä et, à cet instant, elle avait été certaine de son avenir dans l'univers du spectacle.

Sanna refermait le poing sur un foulard et, quand elle l'ouvrait, il y en avait huit. Elle escamotait des pièces. Elle devinait la valeur et la couleur de la carte à laquelle pensait son père. Elle recueillait les applaudissements, l'étonnement et les questions qu'elle espérait. Quand le père Noël lui avait apporté une boîte de magie, son bonheur avait été proche de la perfection.

Mais l'attention et les félicitations qu'un enfant reçoit chez lui sont un leurre sans rapport avec ce qui l'attend parmi ses camarades. Les parents veulent le bonheur de leur progéniture, mais l'exposent à des désillusions. Quand Sanna avait montré ses talents à l'école, personne n'avait été dupe. Le Pertti du dernier rang avait éclaté d'un rire méchant quand les pièces cachées dans sa manche en étaient tombées. Il avait écopé d'une heure de colle, mais ce n'était, comparé à l'humiliation de Sanna, qu'un bourdonnement de mouche.

Ainsi va l'enfance, un mot de travers, un rire, un enseignant levé du pied gauche qui lâche une appréciation involontairement cruelle peuvent changer le cours de la vie d'une petite personne. Tuer l'espoir, faire naître le doute.

Après avoir été poussée à se croire meilleure qu'elle n'était, Sanna Pommakka avait choisi une stratégie plus sûre. Elle ne se croyait plus rien. Elle ne tenterait plus jamais rien, elle resterait un individu lambda, discret et effacé, de ses sept ans à sa mort.

Oubliant la prestidigitation, Sanna Pommakka s'était concentrée sur son existence ordinaire, autrement dit sur sa survie. Elle avait perdu sa virginité dans les bras du Pertti du dernier rang, ni trop tôt, ni trop tard. Celui-ci continuait de rire, pas parce qu'il était cruel, mais parce que c'était un adolescent de seize ans authentiquement stupide, qui n'avait que trois outils dans sa trousse à sentiments. Le rire, le sarcasme et les poings. Aucune magie dans leurs instants communs.

La conseillère d'orientation avait jugé irréaliste le rêve de Sanna d'entrer au lycée et elle était donc passée directement du collège à un entrepôt de meubles.

Un an s'était écoulé.

Puis quatre.

Les autres employés partaient faire des études ou suivre des formations professionnelles, Sanna restait là, et sa paie bimensuelle lui suffisait. Elle sortait par intermittence avec le Pertti du dernier rang, parce qu'il avait toujours été là et qu'il avait installé sur sa voiture un kit de surbaissement. Elle ne savait pas ce que c'était, mais il en était tellement fier qu'elle lui attachait de l'importance.

Quand Pertti l'avait trompée, Sanna avait pensé que c'était de sa faute. Elle n'était pas à la hauteur. Son physique, son intelligence et son caractère n'étaient pas à la hauteur. Elle évitait de parler de ses espoirs et de ses rêves, parce qu'elle avait peur qu'on en rie et qu'ensuite on la rejette. Et peu à peu ses rêves et ses espoirs étaient morts. Pertti et elle avaient rompu et trois ans avaient passé sans qu'elle le voie.

Sanna Pommakka avait continué de livrer des canapés, des tables de salon et des lits superposés. Plus le canapé était grand, plus il y avait de vie dans la maison. Des berceaux, des bureaux pour les écoliers, parfois un fauteuil à bascule pour une personne âgée dont les murs étaient décorés de photos d'enfants, de petits-enfants et d'arrière-petits-enfants.

Un jour, Sanna Pommakka et son équipier avaient sonné avec un canapé d'angle à la porte d'une maison d'un quartier résidentiel. Le gamin qui leur avait ouvert ressemblait comme deux gouttes d'eau à Pertti et riait comme lui, car c'était son fils. Pertti, lui, ne riait plus, il avait un enfant et une femme au bras et il était devenu un mec bien. Sanna Pommakka lui avait fait signer le bon de livraison, l'avait regardé dans les yeux et s'était figée. Le pire était qu'il ne l'avait visiblement pas reconnue, avait-elle songé en remontant sans un mot dans la camionnette de l'entrepôt de meubles.

Les larmes étaient venues avec un temps de latence de six heures, et Sanna Pommakka n'avait même pas compris pourquoi elle pleurait. Seule sur son canapé, devant l'animateur roux d'un talk-show en direct dont le monologue d'introduction faisait rire le public.

Le magasin de meubles avait fait faillite. Comme Sanna Pommakka n'avait cessé de repousser son adhésion à la caisse de chômage syndicale, elle n'avait eu droit qu'aux indemnités de base. En guise de prime de licenciement, elle avait hérité d'un canapé beaucoup trop grand pour son studio. Elle l'avait scié en deux et avait fait cadeau de la moitié à ses voisins. Elle avait aussi bientôt dû couper en deux la moitié restante, car ses indemnités ne suffisaient pas à payer son loyer et elle avait dû chercher un logement plus petit et moins cher.

Sanna Pommakka n'était pas tombée d'un coup dans l'exclusion, elle y avait glissé petit à petit. Le phénomène s'était produit pendant son sommeil, car c'était dans les rêves que la vie était la plus facile. Il s'y passait des choses, contrairement à la réalité. Sanna rêvait d'enfants sautant le dimanche matin sur le lit de leurs parents, ou d'un grand séjour avec un parquet en pin et des bibliothèques le long des murs, des jouets d'enfant sur le sol, une grande télévision dans un coin et, sur le canapé, un homme qu'elle pouvait aimer et qui lui rendait équitablement son amour.

Sanna dormait. À son réveil, elle allait acheter des chips et des saucisses à la boutique d'une station-service ouverte vingt-quatre heures sur vingt-quatre et dînait ainsi, vers trois heures du matin. Puis elle dormait de nouveau. Quand elle émergeait, la journée était déjà bien avancée. Elle regardait des feuilletons, des documentaires sur des jardins de rêve, des émissions sur les résidences secondaires et des films dramatiques et voyait à quel point les gens avaient des vies pleines et entières. Même aux informations, quand on y parlait d'une femme ayant tué son mari, parce qu'elle en avait quand même eu un et qu'ils avaient des enfants dont il fallait s'occuper. Tous les problèmes de tous ces gens étaient relationnels. Ils étaient pris dans des réseaux de liens, l'existence les tirait, les poussait, les secouait. Sanna Pommakka, elle, n'avait que ses propres problèmes, dont le principal était la solitude. Tout le reste en découlait. Elle avait l'impression qu'elle était arrivée seule dans ce monde, qu'elle y vivait seule et qu'elle le quitterait seule. Et dans ce cas, rien ne pouvait avoir aucune importance.

Couchée sur son quart de canapé, Sanna regardait les transformations apportées au trois-pièces de la famille Nielikäinen. On agrandissait l'espace de la chambre d'enfant par des couleurs claires et par l'annexion astucieuse d'un placard, on créait dans la cuisine une harmonie subtile entre l'acier inoxydable et les carreaux imitation marbre.

Sanna Pommakka mangeait des saucisses froides, l'esprit mélancolique. La mélancolie, c'est vouloir être là où est sa place sans forcément savoir où elle se trouve. Pour Sanna, elle se trouvait auprès des autres. D'une autre personne, mais comment en faire surgir une par magie ?

Manger était son seul plaisir. La nourriture avait un jour été vivante et elle entrait en elle. Sanna pouvait facilement engloutir en une nuit un kilo de chips et deux paquets de saucisses. Elle trouvait amitié, protection, effets de surprise et compréhension dans les rayons d'un magasin de discount allemand. Pour vingt euros, on pouvait y remplir un sac d'un merveilleux assortiment complet de glucides, de protides, de glutamate de sodium, de sucre et de sel. Soixante centimes le paquet de saucisses en voie de péremption.

Sanna zappait.

Elle était tombée sur une émission destinée à un public masculin où l'on jetait un prestidigitateur dans une eau profonde et glacée, entouré de chaînes, enfermé dans un coffre. Elle avait pris une chips et avait regardé le spécialiste de l'évasion.

Il croyait en lui-même. Il savait ce qu'il faisait, mais personne d'autre ne savait comment il s'y prenait. Il amenait les gens à croire en lui. Son tour fonctionnait.

Elle s'était renseignée sur Google sur la vie de cet homme. Une femme top model, deux enfants, Mandus et Skylah. Sanna Pommakka s'était réveillée. Si improbable que cela paraisse, son énergie lui avait été rendue par un illusionniste du nom de Germano Bully.

Sanna Pommakka avait quitté sa banlieue pour se rendre en bus, train et métro à la bibliothèque centrale, dans le hall de laquelle il s'était produit un miracle, une révélation et un coup de théâtre. Ses yeux étaient tombés sur une rangée de livres bradés dont le quatrième à partir de la droite se trouvait être le *Grand Livre de la prestidigitation* de Solmu Mäkelä, un euro.

Voilà à quoi peut tenir l'avenir.

Sanna s'était entraînée chez elle jusqu'à savoir faire les tours de Solmu les yeux fermés, dans le noir et en état de privation de sommeil. Elle s'était inscrite aux cours de prestidigitation de l'université populaire et avait appris, en plus du métier, à accepter les critiques comme des commentaires visant ses tours, pas sa personnalité. En classe de perfectionnement, elle s'était initiée à des illusions plus sophistiquées et à la manipulation du public.

Le professeur, qui se vantait d'avoir obtenu son diplôme à Las Vegas, avait complimenté Sanna pour ses doigts agiles et sa capacité de concentration, mais lui avait reproché sa mine trop grave, ses troubles de la circulation sanguine périphérique et son surpoids. Les prestidigitateurs sont des amuseurs publics, ce qui, pour les femmes, est synonyme de fausse blondeur et de taille de guêpe. Il s'agissait d'être à la fois compétente et bandante, avait expliqué le professeur.

Sanna Pommakka avait demandé une aide à la création d'entreprise et s'était installée à son compte. Elle s'était créé un site web et avait adhéré à la caisse de retraite des indépendants. Elle s'était inscrite sur les listes d'une petite agence artistique et acceptait tous les contrats qu'on lui proposait, au début pour une rémunération minime. Elle avait testé ses tours auprès de son père et de sa mère et leur avait demandé d'être cette fois aussi francs que possible envers leur fille unique.

« Ça ne fonctionne pas, avait dit son père.

— Ça fonctionne, avait dit sa mère.

— Tu dis ça parce que tu es ma mère, avait répliqué Sanna.

— J'ai vu la carte dans ta manche, avait précisé son père.

— Dans le temps, tu sais, les prestidigitateurs sortaient des lapins de leur chapeau», avait fait observer sa mère.

Il y avait à la rubrique people du supplément du week-end d'*Absolut Gazeta* l'interview d'un dénommé Harri Pykström, avec des photos prises d'hélicoptère au-dessus de collines lapones.

> « Un gros lard d'ex-militaire finlandais expliquait sans rire que le Sicilien était un chic type et un bienfaiteur de l'humanité. Et comme si ça ne suffisait pas, on disait dans un encadré que Vatanescu voulait juste des chaussures à crampons pour son fils.
>
> Putain de bordel de merde !
>
> C'est faux !
>
> Il voulait ma peau. »

Et comment Iegor Kugar réagit-il ? Déchira-t-il son survêtement de sport, but-il cent canettes de Sandels, s'injecta-t-il des drogues ? Partit-il en taxi chercher Vatanescu en Laponie ? Fit-il ce qu'il avait l'habitude de faire dans ce genre de situation ? Constater le problème. L'éliminer. Non, rien de tout cela. Iegor Kugar avait perdu confiance en lui-même. Ses neurotransmetteurs étaient en grève, il aurait eu besoin de l'aide d'un psy et de médicaments de l'humeur de troisième génération.

> « C'était la faute de la société et du système. Il était trop bon. Trop protecteur. On est tellement en sécurité, dans ce pays, que même un malfrat comme The Iegor peut se permettre de déprimer. »

Naseem Hasapatilalati suggéra à son ami de faire la liste de ses problèmes afin de mieux les cerner. Peut-être pourrait-il ensuite les éliminer un à un. Iegor prit une feuille de papier à carreaux et un crayon noir. Tout ce qu'il écrivit se rapportait à Vatanescu.

> « Il m'avait trahi en tant qu'employé. Il m'avait trahi en tant qu'être humain. Il m'avait fait chier. Il avait tourné le dos à l'Organisation et j'en supportais les conséquences. Il m'avait tiré le tapis de sous les pieds et avec lui mon avenir, mes gonzesses, ma BMW, mes steaks, mes amis et mes copains. Il m'avait pris ma vie. À cause de lui, j'étais un immigré exclu, dépressif et sans futur. »

La liste ne fit qu'empirer les choses. Vatanescu pénétrait toujours plus profondément dans les circonvolutions du cerveau, les glandes sudoripares et le centre de l'angoisse d'Iegor Kugar. Dans son cas, il ne s'agissait pas d'une simple dette à rembourser, à payer d'un petit doigt ou même d'un bras, ou à régler par la cession d'un appartement, d'une voiture ou d'une femme. Ce n'était pas juste du bizness, comme l'étaient 99,99 % des choses dans la vie d'Iegor Kugar.

Celui-ci prit toute la mesure de la situation et de son problème par rapport à Vatanescu à l'instant où il vit sur le net une vidéo tremblotante filmée avec un téléphone portable dans la salle d'attente des urgences de nuit de l'hôpital de Maria. L'image s'arrêta sur Vatanescu et sur le lapin qui reposait sur ses genoux. Le film provenait d'un serveur israélien.

> «Autrement dit, cette face de rat était aussi connue que Jésus-Christ, putain! Qu'est-ce que ça voulait dire? Ça voulait dire que ce résidu de caniveau était devenu ce que je devais devenir.
>
> Et qu'est-ce que je devais devenir? Un mec important. Une étoile. Une star. Une idole.»

Assise dans le wagon-bar du train, Sanna Pommakka pleurait. Ou fondait, comme quelqu'un arrivant de l'extérieur. La glace se transformait en eau, l'eau coulait sur la table, quelqu'un posa dessus une serviette en papier. C'était un homme aux cheveux bruns, vêtu d'une combinaison de chantier Repa-Rent et d'un casque jaune, qui tendait aussi une serviette à Sanna. Elle la prit. Elle le regarda dans les yeux.

Je n'ai pas de billet.

On va me jeter dehors.

Où que j'aille, le lieu n'est ni plus ni moins familier ou inconnu qu'aucun autre dans ce pays.

Sanna Pommakka jeta un coup d'œil à la ronde, renifla et dit quelque chose en finnois. Vatanescu secoua la tête en signe d'incompréhension.

« In deep shit », dit Sanna.

Moi aussi.

« No money. No ticket. »

Tell me about it.

« Je n'arriverai jamais à rien dans cette vie. Je rate tout simplement tout. »

Vatanescu la regarda.

Seule, fragile.

Dans le même train, humaine.

Vatanescu hocha la tête comme un psychothérapeute, et Sanna Pommakka lui raconta dans un murmure, par courtes phrases, comment elle était arrivée dans ce train. Deux semaines plus tôt, on lui avait fait une offre exceptionnelle. On avait besoin d'une artiste pour la cérémonie de pose de la dernière poutre d'un centre commercial. D'une femme. Blonde. Trois mille euros. La somme était telle qu'elle avait acheté de la teinture capillaire avec sa carte de crédit et était allée récupérer son vélo d'appartement dans le garage de ses parents. Avec trois mille euros, elle pourrait tout avoir. Une vieille voiture, de bons repas, deux mois de tranquillité. Elle pourrait même aller quelque part. Au moins à Forssa.

Forssa, c'est en Italie ?

Ce doit être un bel endroit. Avec un joli nom, plein de force.

J'aimerais bien moi aussi aller un jour à Forssa. J'irai.

Sanna Pommakka eut un petit rire. Un homme sans malice, peut-être bon, même, avec qui elle se sentait à l'aise, en tout cas. Il ne se moquait pas d'elle, ne la méprisait pas et ne cherchait pas tout de suite à lui sauter dessus.

Sanna Pommakka poursuivit son récit. Elle avait pris l'avion pour Kittilä, où on devait venir la chercher pour la conduire au centre commercial. Mais il n'y avait personne. Elle avait appelé tous les numéros indiqués sur l'ordre de mission, plus aucun n'était attribué. Il lui restait tout juste assez d'argent pour prendre un taxi jusqu'à la grille du chantier du centre commercial.

Elle avait croisé des ouvriers licenciés. Le site était fermé pour l'éternité.

« Je me suis fait avoir », soupira Sanna Pommakka.

Vatanescu la regarda en face. Il prit sa main dans la sienne et baissa les yeux. Le train s'ébranlait, il posa son casque jaune sur la table.

Pardon.

« Ce n'est pas de ta faute. Qui que tu sois. C'est évident. Ma vie est comme ça, elle l'a toujours été, elle le sera toujours, on ne devrait jamais rien espérer parce qu'on est toujours déçu. »

Ça l'était sans l'être.

De ma faute.

Sanna Pommakka renifla et laissa Vatanescu lui tenir la main, et tant pis s'il était étranger et originaire de chaudes latitudes. Son casque tressautait contre le pot à couverts. Sa combinaison, avec son logo Repa-Rent, était à l'image de ce monde où tout était à louer. Vatanescu remarqua la valise à coins métalliques à côté de Sanna Pommakka.

Tu es musicienne ?

« Prestidigitatrice. »

Iegor ronchonnait et ne mangeait que le riz des plats que lui apportait Naseem Hasapatilalati. Il négligeait son hygiène corporelle, sa barbe et ses cheveux s'allongeaient et il n'avait plus la force d'écraser tous les poissons d'argent qui remontaient des canalisations. Lui qui avait toujours été tourné vers l'avenir, qui laissait l'analyse du passé aux incapables, ne voyait plus rien devant lui. Ni derrière, ni vers le bas, ni vers le haut. Il ne regardait plus qu'en lui-même et était prêt à se laisser dépérir dans son réduit. Peut-être est-ce ce qui aurait fini par arriver si son bail avait été reconduit, mais il se produisit un changement soudain quoique prévisible dans sa situation de locataire.

> «J'ai entendu fouiller dans les box d'à côté et dans les toilettes. Les mecs parlaient la même langue que bibi, et sur le même ton, je connaissais bien ce genre de perquises et d'expulsions. Finalement,

ils sont arrivés à ma porte, mais j'avais eu le temps de me planquer derrière des cageots de bananes.

Après la fermeture, Naseem s'est pointé, dans tous ses états, et m'a expliqué qu'on lui avait vidé sa caisse et son rayon de cigarettes et qu'on l'avait menacé de longues souffrances. Selon lui, il était temps qu'on se dise adieu. Il m'aimait bien, mais il tenait encore plus à sa carcasse et à sa vie. L'Organisation lui avait donné vingt-quatre heures pour dénoncer bibi. J'ai pris mon ordinateur sous le bras et je me suis tiré. Ce n'est pas le genre de la maison de mendier de la pitié ou de la sympathie. Mais j'ai dit merci, pour la première fois de mon existence.»

La batterie du Toshiba affichait deux heures quatorze de réserve. À la recherche d'un point d'accès Wi-Fi, Iegor s'arrêta devant la façade vitrée d'un café. Sur vatanescu.com, la photographie de la page d'accueil avait encore une fois changé. Pykström et Vatanescu côte à côte, un large sourire sur le visage, une bouteille de tord-boyaux sous le bras, le lapin sautillant à leurs pieds.

«Je n'étais plus qu'un SDF que les vieilles clochardes bousculaient et à qui on essayait de voler les fringues qu'il avait sur le dos. Pour avoir la paix, je m'installais dans le dernier tram du soir ou dans le premier du matin. La connexion internet se faisait par intermittence et le logiciel de traduction moulinait. Quelque part dans le centre, devant les grands magasins, un texte s'est affiché : la personnalité la plus suivie de Finlande a pris la dimension d'un mythe…

C'est là que ça a fait tilt.

Un mythe ? Hello !

Vladislav Tretjak est un mythe et John Rambo est un mythe et Staline et Vince Neil sont presque des mythes, mais un Vatanescu est aussi loin du mythe qu'une savonnette de supermarché.

J'ai griffé le siège du tram. C'est dur à avouer, mais j'ai pleuré comme une gonzesse. Puis je me suis posé quelques questions. C'était le moment de répondre franchement, parce que si je mentais, je me foutrais moi-même des baffes.

Est-ce que je ne suis pas un mec juste ?

Est-ce que je ne veux pas la justice ?

Est-ce que je veux être une loque ?

Est-ce que je n'ai pas le droit de me faire justice ?

Est-ce que je veux être respecté ?

Est-ce que j'ai les moyens de me faire justice ? La force ? La volonté ?

Est-ce que je veux des gonzesses ?

Est-ce que j'ai les couilles de faire ce

que je dois faire ? Ou est-ce que moi, Iegor Kugar, je préfère être une victime ?

Est-ce que je suis une victime ? »

Le contrôleur prenait le temps d'échanger des paroles aimables avec les passagers et des propos plus personnels avec la serveuse du wagon-bar. Ils partageaient le même humour, le même employeur et peut-être les mêmes supérieurs odieux. Elle lui servit une tasse de café et, pendant un instant encore, Vatanescu et Pommakka purent voyager tranquilles. Le train traversait des forêts naines, les lignes électriques pendaient bas, les arbres se courbaient humblement sous la neige accumulée. Sur une piste de motoneige pétaradait le dernier groupe de touristes de la saison, des Néerlandais.

Allons nous cacher, Pommakka.

« On va dire la vérité. »

Sur quoi ?

À qui ?

La vérité existe-t-elle ?

« Premièrement, sur le fait que nous n'avons ni argent ni billets. »

Peut-être qu'on nous laissera voyager à crédit. On

fera la vaisselle. On massera les épaules des gens. On exécutera des sauts périlleux. On déneigera la voie.

Ce fut au tour de Sanna Pommakka de prendre la main de Vatanescu dans la sienne, sans savoir pourquoi. Même si moi je le sais, car je suis le narrateur omniscient qui se glisse dans la peau de ses personnages et, au besoin, s'élève dans les airs pour les regarder du ciel. Sanna Pommakka avait pris l'initiative parce que Vatanescu ne représentait pour elle aucune menace. Il n'exigeait rien d'elle, n'était pas là pour lui prendre quoi que soit, ça se voyait tout de suite. Ce pouvait être un manque d'ambition ou de volonté, mais aussi le signe d'un altruisme et d'une pureté de cœur hors du commun.

« Deuxièmement. Dis-moi qui tu es, demanda Sanna Pommakka. Dis-moi la vérité sur toi. »

Je te la dirais si je la connaissais.

Le contrôleur pêcha avec sa cuiller le reste de sucre du fond de sa tasse en carton avant de l'écraser et de la jeter à la poubelle. Il vérifia sur son lecteur les billets de deux syndicalistes en route vers le sud et leur souhaita bon voyage en soulevant légèrement sa casquette. Ils avaient des joues rouges, et devant eux une bouteille de bière brune et un schnaps. Leur vie avait un sens, parce que le train en avait un. Droit devant et correspondance à Riihimäki.

Le contrôleur était encore à quelques tables de Sanna Pommakka et de Vatanescu. Celui-ci voulu fuir, mais elle lui serra la main.

« Ne me laisse pas », dit-elle.

Toi ? Quoi ? Qui ?

Le lapin s'agita sous le bras de Vatanescu.

Reste caché.

Arrête de gigoter.

Il para la tentative de l'animal de sortir par son col, puis contra ses efforts pour se glisser par sa manche jusque sur la table. Sanna lui serrait le dos de la main à lui faire mal. Le lapin, contournant les obstacles, descendit dans la jambe de sa combinaison et se faufila dehors par-dessus le bord de sa botte de sécurité.

Il sauta dans le chapeau de magicien de Sanna Pommakka.

Puis hors du chapeau.

Dans le chapeau.

La tasse à café en carton se remplit vite de pièces. Vatanescu la tendit au contrôleur et alla en chercher une autre au comptoir. Entre les gares, Sanna Pommakka et le lapin faisaient des tours de prestidigitation, collectant sans mal le prix du tronçon suivant.

« Les animaux ne sont pas admis dans la voiture-bar, en général, dit le contrôleur. Mais celui-là, c'est un outil de travail. Il ne fait de mal à personne. »

Les clients qui avaient déjà un peu bu se montraient généreux et, bientôt, les billets de cinq euros commencèrent à pleuvoir dans la sébile de Vatanescu. Puis un de dix, suivi par d'autres. Et même des billets de vingt. Et aussi un paquet de cigarettes, une barre de chocolat, des tickets-restaurant, un roman de Marko Tapio.

« Pause, dit Sanna. Je ne sens plus mes mains. »

Vatanescu commanda du lait et du pain de seigle pour le lapin et deux portions de chili con carne pour Sanna et lui. Elle était physiquement fatiguée, lui surtout étonné par son nouveau rôle d'impresario et d'assistant d'une prestidigitatrice.

« Nous formons un bon couple », dit Sanna Pommakka.

J'ai été marié.

Nous pensions former un bon couple. Du moins je le croyais. Elle rêvait d'autre chose, mais ne me disait pas de quoi. J'aurais dû le sentir.

Je veux des chaussures de football pour mon fils.

« Tu me respectes », dit Sanna.

Tu es douée pour ce que tu fais et tu es payée en conséquence.

Le lapin et toi, vous formez un bon couple.

Vatanescu tria les pièces, il y en avait maintenant dix pleines. Plus deux tasses de billets.

Plus de trois cents euros.

Je vais pouvoir acheter des chaussures à crampons pour mon fils.

Du wagon-bar, Vatanescu et Pommakka passèrent à l'espace de jeu des enfants, où ceux-ci faisaient du toboggan, empilaient des Lego, coloriaient des images, se papouillaient et se bisouillaient. Et, comme quand elle livrait des canapés à des familles, Sanna Pommakka se sentit à la fois émue et irritée. Pas par les enfants, mais par leurs parents. Des tas d'amateurs émotionnellement handicapés étaient mariés ou l'avaient été, un spermatozoïde avait fécondé un ovule et personne n'y trouvait rien à redire. Ces gens ne savaient pas apprécier ce qu'ils avaient, au lieu de regarder leur progéniture, ils feuilletaient d'un air blasé des magazines, râlaient contre leur conjoint, fixaient le paysage par la fenêtre du train et se demandaient quelle vie ils auraient dû choisir à la place de l'actuelle. Tout comme Sanna Pommakka se le demandait en tirant le lapin de son chapeau.

Dès que les enfants virent la prestidigitatrice, le Repa-Rent à casque jaune et le lapin sautant du haut-de-forme, ils leur firent un triomphe. Le succès était assuré, le spectacle se donnerait à guichets fermés.

«Tu sais t'y prendre avec les gamins», dit Sanna à Vatanescu.

Eh oui. Pourquoi ne le saurais-je pas? C'est ce qu'il y a de plus facile.

Les petits spectateurs se massèrent au pied du trio — ce qui voulait dire que les cordons de la bourse de leurs parents étaient desserrés, il n'y avait plus qu'à se servir. Les enfants grimpaient sur les genoux de Vatanescu, ils voulaient essayer son casque et les outils qui pendaient encore à sa ceinture.

Gardez-les.

Ils vous seront plus utiles qu'à moi.

Ils lui demandèrent s'il connaissait Tomi le Tracteur, quel genre de maisons il construisait et s'il était capable de refaire la plomberie sans dire de gros mots. Parce que papa pas. Vatanescu ne comprenait pas exactement ce qu'ils racontaient, mais il en saisissait le sens et le ton. Il leur chanta un air qu'il avait appris de sa grand-mère

Murda et ils le reprirent en chœur avec leurs propres paroles. Sanna se joignit à eux.

Au fil de la soirée, Vatanescu s'aperçut que les parents, avec leurs téléphones portables, le photographiaient au moins autant que le lapin. Deux ou trois passagers vinrent lui demander des autographes.

« C'est vraiment vous », dirent-ils.

Pour qui et pour quoi me prenez-vous ? Pour qui me prennent-ils ?

« Je ne sais pas », dit Sanna, et c'était vrai. Pendant tout le temps que la célébrité de Vatanescu avait enflé dans les médias, elle n'avait fait que s'entraîner à la prestidigitation.

Vous me prenez pour un autre.

Pour quelqu'un d'important.

Je ne le suis pas.

Je suis Vatanescu, de Roumanie.

À minuit, ils déclarèrent leur journée de travail terminée. Les passagers du train se plongeaient dans leurs livres ou dans les fichiers de musique ou de films de leurs ordinateurs portables et sombraient peu à peu dans le sommeil. Vatanescu partagea l'argent entre Sanna Pommakka et lui et alla demander deux compartiments de wagon-lit au contrôleur. Ce dernier, après avoir vérifié les réservations sur son écran, constata qu'il n'en restait qu'un de libre.

« Mais il y a trois couchettes dedans. »

Je suis habitué à vivre à la dure. Je peux dormir n'importe où, tant qu'il n'y a pas de danger.

Nous allons prendre une place assise, le lapin et moi.

Sanna Pommakka lui interdit de s'apitoyer sur lui-même et de jouer les martyrs. Elle s'appliquait à éliminer ces comportements de sa propre vie et des profondeurs de son esprit, et elle en ferait autant pour l'homme au logo Repa-Rent. Elle lui ordonna de partager le compartiment avec elle. Puis elle paya avec l'argent du spectacle de prestidigitation leurs billets et leurs couchettes jusqu'au terminus. Ils avaient encore le temps de dormir huit heures avant l'arrivée à Helsinki.

« Nous sommes un couple. »

Un couple ?

« Un couple d'associés commerciaux. »

Eh bien, si c'est comme ça, au moins...

Prends la couchette du bas.

Dès qu'ils se furent retirés dans leur compartiment, le contrôleur communiqua leur destination aux insatiables médias publics et privés.

Vatanescu se débarrassa de sa combinaison de chantier en espérant que la transpiration de ses pieds n'irait pas chatouiller trop désagréablement les narines de Sanna Pommakka. Le lapin plissa le nez et se blottit sur l'oreiller de Vatanescu, sous la veilleuse.

Depuis combien de temps n'as-tu pas dormi avec une femme ?

Ou ne serait-ce que dans la même pièce ?

Sanna Pommakka ôta sa veste à queue-de-pie, son nœud papillon et tout son attirail d'illusionniste, en espérant que la transpiration de ses aisselles n'irait pas chatouiller trop désagréablement les narines de Vatanescu. Elle calcula qu'elle avait gagné à peu près autant que ce qu'on lui avait promis pour se produire à la cérémonie de pose de la dernière poutre du centre commercial, une grosse liasse de billets de différentes valeurs. Elle pourrait payer son prochain mois de loyer, ainsi que ses arriérés. Elle était une artiste ayant fait son travail et partageait son compartiment avec un homme bien. Le premier de sa vie qui ne la mettait pas mal à l'aise. Avec qui elle n'avait pas besoin de jouer la comédie, de se pousser du col ou de se rabaisser. En plus, sur le plan professionnel, le trio lapin-Vatanescu-Pommakka fonctionnait à merveille, il faudrait d'une manière ou d'une autre le pérenniser.

« Est-ce que nous ne pourrions pas, par exemple, nous produire dans la rue, dit-elle, ou peut-être dans le tramway. Nous faire peu à peu connaître, comme les Oiseaux de Lapinlahti ? »

Les Oiseaux de Lapinlahti ?!

« Un lapin malin, une femme intelligente et un assistant habillé en ouvrier de chantier. Une combinaison gagnante. »

Est-ce que tu as des enfants, Sanna Pommakka ?

« Non. »

Moi j'ai un fils. Miklos.

« J'aimerais bien le voir un jour », laissa échapper Sanna.

Moi aussi.

Je ne sais pas quand ce sera possible. Je ne sais pas de quoi demain sera fait.

Miklos n'a pas à me remercier de lui avoir donné la vie, si je ne suis pas capable de lui donner autre chose.

Une éducation. Un avenir. Des chaussures à crampons.

« Si seulement je pouvais en dire autant de qui que ce soit », murmura Sanna dans sa propre langue, si bien que Vatanescu ne l'entendit pas ou ne la comprit pas.

Tu dors déjà ?

Prestidigitatrice.

Sanna Pommakka se regarda dans la vitre, avec son pyjama dans les bras. Ce corps, ce bien qui lui appartenait, n'était bon à rien, ne suscitait aucun désir. Ses seins étaient loin de défier la pesanteur, et n'étaient pas non plus des demi-sphères parfaites dont la vision aurait conduit tout adolescent à s'enfermer dans les toilettes du train pour se bercer d'espoir avec des serviettes en papier. Une cicatrice d'appendicite sur le ventre, des cuisses solides supportant fermement son corps. Quant à son esprit, c'était plus compliqué, s'il vacillait, elle le perdrait un jour. Sanna Pommakka songea au lendemain, à la cour glacée de la gare de Helsinki, à l'avenir incertain, au vent d'est. Aux efforts à fournir, seule, à tenter de percer sur le marché de la prestidigitation, à se faire jauger. La vie était un combat. Des rendez-vous à l'agence pour l'emploi, des formulaires de demande d'aide à la création d'entreprise à remplir, la TVA à régler.

« Je voudrais ne plus jamais être seule. »

Faute de ticket, Iegor Kugar fut contraint par les contrôleurs à descendre du tramway devant la salle omnisports de Töölö. Au pied de la statue de Paavo Nurmi, le trafiquant d'êtres humains regarda la tour du stade olympique, les passants et les ivrognes qui sortaient en chancelant d'une nuit en cellule de dégrisement. Sur l'écran de son ordinateur, un point rouge clignotant indiquait les déplacements de Vatanescu sur une carte de Finlande. Il se trouvait pour l'instant aux environs de Hämeenlinna. Sur les dernières photos ajoutées au site, une femme du nom de Sanna Pommakka tirait un lapin d'un chapeau tenu par Vatanescu.

« Putain, j'en ai tiré, moi aussi, des lapins de mon chapeau, des bunnies que j'ai vendues partout en Europe ! Il faudrait calculer, un jour, combien d'hommes une lapinette hongroise rend heureux en une journée de boulot de douze heures.

Combien de fric elle gagne à travailler plutôt qu'à rester chez ses parents dans un taudis aux frais de l'aide sociale. Qui n'existe pas. Sans parler de l'effet de la prostitution sur l'emploi et des valeurs humanistes qu'elle véhicule. Des burnes essorées, croyez-moi, ça réduit la violence. C'est prouvé.

Les plus beaux morceaux, c'est en Hongrie qu'on les trouve. La langue est voisine du finnois, mais génétiquement, les meufs n'ont rien à voir avec le modèle finlandais à jambes comme des poteaux et nichons pendants. De longues guibolles, des petits culs ronds, et pareil pour les seins. Sacrément bandantes, et qui savent tortiller des fesses au moment où il faut. En plus les putes hongroises sucent sans capote, il n'y a pas mieux comme atout commercial dans un pays où on n'ose même pas se serrer la main à cause de la grippe aviaire. Qui a contaminé une personne. En Suisse. Il y a dix-huit mois. Jouons malin, désinfectons-nous les mains !

En pensant à tout ça, j'ai senti que je reprenais du poil de la bête. Je commençais à bander. J'avais envie de baiser. Je voulais des tas de choses. Du pognon, des femmes, du respect. Tout ce qu'on m'avait pris.

Je ne suis pas une victime.

Je fais des victimes.
Je vais devenir un mythe ! »

Le point rouge figurant Vatanescu clignotait au niveau de Kerava quand l'ordinateur d'Iegor tomba en panne de batterie. Il en fit don à un bourgeois d'humeur joyeuse, tout juste libéré de cellule et encore passablement éméché. Puis il tira à pile ou face pour savoir si le voyage du mendiant se terminerait à la station de Pasila ou à la gare centrale de Helsinki.

Qu'est-ce que tu fais ?

Sanna.

Tu ne veux quand même pas venir dans mon lit ?

Pommakka.

Ce n'est pas possible.

Et pourtant si.

Pourquoi ne serait-ce pas possible ? À quoi est-ce que je joue ? Je suis un homme, pas un saint.

Je suis Vatanescu.

Moi aussi je me sens seul.

Mais bien sûr c'est possible.

Viens.

Tu es…

… chaude…

… comme une caille.

Le lapin émergea de sous la couverture de la couchette du bas et sauta sur la poitrine de Vatanescu pour se faire caresser. Sanna Pommakka ronflait à ses côtés et notre héros n'avait ni honte ni regrets, deux valent mieux qu'un. Et trois encore plus. Rares sont les mendiants roumains qui se sont ainsi retrouvés avec une prestidigitatrice dans un train de nuit finlandais.

Le couloir résonnait de pas et d'annonces, l'arrêt à Tampere durait un bon moment. On déchargeait les fourgons porte-automobiles, dans la cour éclairée de la gare passaient des gens fatigués, arrachés à leur sommeil pour aller travailler. Il y avait aussi un enfant, si remuant qu'on aurait dit que l'heure ne signifiait rien pour lui. Le moment était toujours bien choisi pour courir et sauter, rire ou pleurer.

L'esprit vide.
L'esprit clair.
Je sais ce que je vais faire.
Ce que je dois faire.

Me raser, enfiler ma combinaison de chantier et aller, tel un homme parmi les hommes, dans un magasin de sport.

Choisir des chaussures à crampons.

Les payer avec l'argent que le lapin m'a rapporté par magie.

Les mettre dans un paquet.

Porter le paquet à la poste.

Trouver un téléphone.

Appeler chez moi.

La vie est une chance.

Maintenant je le sens.

Je m'en sortirai.

Je vais trouver un logement, le louer, deux pièces, du carrelage, de l'eau chaude au robinet, une lumière vive.

Je vais m'acheter une voiture, une occasion à mille euros, dans laquelle je me déplacerai à ma guise. Je téléphonerai à cette femme qui dort à côté de moi et je l'inviterai au cinéma. Je lui parlerai de moi, et réciproquement. Nous ferons connaissance et un jour je la présenterai à Miklos, et même à ma famille.

Est-ce possible ?

Vatanescu fouilla dans sa combinaison et trouva ce qu'il cherchait, un bout de chocolat enveloppé de papier d'aluminium. Il était en train de le déballer quand Sanna Pommakka se réveilla. Elle regarda Vatanescu tendrement, sans l'angoisse ni la solitude ni le sentiment de vide des matins ordinaires.

« Good morning. »

Tu veux du chocolat ?

« Mmm… où sommes-nous ? On pourrait aller manger quelque part, une fois qu'on sera à Helsinki. Il nous reste de l'argent. »

Nous sommes presque arrivés.

« Est-ce qu'on va… je veux dire, est-ce qu'on partira ensemble ? »

Où ?

« N'importe où. Où vas-tu ? »

Dans un magasin de sport.

« Je vais venir avec toi… Vata. Je vais t'accompagner dans ce magasin de sport. »

Vatanescu suçait son chocolat, car si la moindre miette parvenait à se glisser dans la carie de sa molaire droite, la douleur ne disparaîtrait pas sans une poignée d'antalgiques.

Sanna Pommakka attira Vatanescu contre elle et posa sa tête sur sa poitrine.

Ce serait encore mieux si quelqu'un pouvait acheter pour moi ces chaussures à crampons.

Quelqu'un ayant une carte de fidélité. Tu en as une ?

« Oui. »

Avec des points cadeaux ?

« Oui. »

Un numéro de sécurité sociale, un téléphone, un domicile fixe ?

« J'ai tout ça, pas de problème. »

Vatanescu et Pommakka rassemblèrent leurs bagages, mais froissèrent encore une fois les draps des couchettes entre Järvenpää et Helsinki. S'il avait fallu nommer le sentiment prédominant de Vatanescu, ç'aurait été l'abandon.

Et pour Sanna Pommakka, la confiance en soi. Leurs chemins s'étaient croisés alors qu'ils étaient pauvres, chômeurs et méprisés, maintenant ils avaient un avenir devant eux. Mais n'oublions pas le lapin, dont le sentiment prédominant était une jalousie secrète.

Vatanescu et Sanna Pommakka pouvaient désormais entrer la tête haute dans la société, pénétrer en son sein ou au moins dans ses franges. Parmi ceux qui avaient une vie bien organisée, les moyens de payer les mensualités de leurs crédits, d'acheter une nouvelle voiture tous les trois ans, d'emmener leurs enfants monter à cheval, jouer de la batterie ou peindre avec les doigts, et les moyens de les applaudir à chaque fois, même si un barbouillage reste un barbouillage.

Pommakka se demandait si elle pourrait entrer dans ce monde en compagnie de cet homme. Vatanescu songeait principalement aux chaussures à crampons de Miklos, mais respirait avec plaisir le parfum des cheveux de Sanna.

Ils se tenaient l'un derrière l'autre à la porte, le train ralentit longuement avant de s'arrêter et, même s'ils ne devenaient pas vraiment un couple, il leur resterait à jamais la magie du train de nuit Kolari-Helsinki.

Un accueil de star attendait Vatanescu. Des caméras, des téléphones portables, des carnets d'autographes, des médias et des sociétés de production. Une femme lui demanda sa signature sur ses seins, une autre sur la peau de son bébé, un homme sur son gilet de motard 1 %. La foule s'insinua entre les amants, ils se lâchèrent d'abord la main, puis se perdirent de vue. Sanna Pommakka cria son adresse, que Vatanescu ne retint pas.

Si tel est notre destin, nous nous reverrons.

« Quel effet ça vous fait ? » demanda un journaliste sportif.

C'est comme ça qu'on fête ici le fait qu'un homme rencontre une femme ? Qu'ils cessent d'être seuls pour être ensemble ?

Vous êtes fous ?

Des fillettes arrachaient des cheveux de la tête de Vatanescu, les petits garçons admiraient sa combinaison de chantier. Il vit des T-shirts couverts de photos de lui et du lapin et, sur le quai, des étals vendant des produits estampillés Vatanesku. Il y avait des gens déguisés en lapin et d'autres habillés en mendiant.

C'est insensé.

Poussez-vous…

… laissez-moi…

… je dois trouver un magasin de sport.

Puis Vatanescu perçut une présence dans la marée humaine. Il la sentit, sans encore la voir, comme de l'électricité sur sa peau. Une silhouette fendait la foule avec détermination, fonçant droit sur lui, telles les glaces du fleuve Kyrö dans le fracas de la débâcle du printemps.

Je

dois

fuir.

Protéger

le

lapin.

Il existe de multiples témoignages et de nombreuses images de caméras de surveillance de la scène, mais un seul agresseur et une seule victime. Voici ce qu'en dit l'auteur des huit coups meurtriers.

«J'ai écarté la foule à deux mains comme des portes coulissantes. Couche par couche, vingt centimètres à la fois. Les mecs étaient en pleine hystérie collective, mais j'étais là pour rétablir l'ordre. Je protégeais ma lame de mon bras et je savais que la méthode la plus sûre était de trancher la gorge d'un coup franc, comme pour les moudjahidin ou je ne sais quoi, bref ces types en robe qui se prennent pour des Jedi. Le tout était de savoir si j'arriverais à me rapprocher assez de Vatanescu et à passer derrière lui.

Iegor Kugar était de retour.

J'étais en guerre, je deviendrais un mythe.

On verrait bien qui ferait la une après ça !»

Je suis mort.

Chapitre neuvième

où l'on fait la connaissance du premier ministre finlandais et où Vatanescu ressuscite d'entre les morts

Le premier ministre de la République de Finlande Simo Pahvi était assis avec son chauffeur Esko Sirpale à la cafétéria de la station-service Neste de la rue Nordenskiöld. Ils attendaient un troisième homme.

« Ces chaises sont mal fichues, dit Pahvi. Faites pour des popotins. Moi j'ai un cul. »

Il s'agissait ce jour-là de définir l'avenir du parti. Ses valeurs, sa stratégie et ses orientations.

Tout avait commencé quarante ans plus tôt par le Parti des Petits Agriculteurs Ordinaires, créé par le prédécesseur et mentor de Simo Pahvi, Heikki Hamutta. Selon les points de vue, et d'un journaliste politique à l'autre, ce dernier était considéré comme un dissident, un traître à la patrie, un esprit malfaisant, une grande gueule ou un sauveur. Lui-même se targuait de connaître le peuple, de lui faire confiance et de vouloir l'aider. C'était un enfant de la campagne, un rejeton de la Carélie abandonnée aux Russes.

Il aurait pu connaître une ascension fulgurante, mais préférait les chemins de traverse.

Heikki Hamutta s'était donné pour mission de défendre les grandes causes des petites gens. Il prenait leur parti face au vaste monde, aux ennemis puissants. Les bourgeois, les communistes, le grand capital national et international, tout ce qui, de tous côtés, tentait d'empiéter sur les terres des petits agriculteurs et de leur enlever le peu qu'ils avaient. Les menaces n'avaient pas besoin d'être réelles, il suffisait qu'ils les croient telles et qu'elles soient renouvelées à intervalles réguliers. Heikki Hamutta voulait redonner vie à un pan de la population que l'on croyait mort ou endormi.

Il avait petit à petit bâti un parti puissant, et les paroles avaient plus compté que les actes. Les mots. Les figures de rhétorique. La vivacité et l'à-propos. Les phrases courtes et claires, teintées d'humour. Une petite pique, mais pas de sarcasme. Pas de détours, par de circonlocutions, ne pas partir de trop loin et ne pas prendre trop d'altitude. Préserver l'envie du public d'en savoir plus.

« Quelqu'un qu'on a envie d'écouter devient vite une voix, disait Hamutta. Il prend un visage. Il gagne en visibilité. Les journaux, la radio et la télévision le réclament. Il engrange des centaines de milliers de suffrages. »

Simo Pahvi avait entendu la voix de Heikki Hamutta dans un centre commercial, dans une lointaine banlieue de la capitale, dans les années où le marron et le jaune étaient à la mode et où la télévision en couleurs n'en était qu'à ses débuts. Assis sur la selle de son vélo, il mangeait un esquimau à la vanille, plongé dans ses pensées de petit garçon — vitesse de pointe des voitures et chances de Superman contre Lex Luthor.

Soudain, la voix profonde d'un homme court sur pattes était sortie d'un haut-parleur portable. Heikki Hamutta expliquait ce qui n'allait pas dans le monde et comment y remédier.

Simo Pahvi avait immédiatement adhéré au parti et informé ses parents de son nouveau plan de carrière. Fini les rêves de conducteur de locomotive et de pompier, il voulait être politicien. Ministre. Premier ministre.

Pahvi avait été frappé par la puissance du verbe de Hamutta, son sens du rythme, son tempo, sa capacité de communiquer avec le public et de capter son humeur. La politique qu'il défendait n'était qu'un élément secondaire, malgré son importance, car si elle avait été présentée à Simo Pahvi sous une autre forme, en bafouillant ou en termes académiques, son effet aurait été nul.

Ç'avait été sa première illumination.

Il avait trouvé sa voie et le sens de sa vie, à l'âge de neuf ans. Il avait acheté un costume mal coupé dans un magasin bon marché, comme il continuait de le faire depuis. Un tous les dix ans. Il s'était mis à porter de grosses lunettes non correctrices et avait arrêté de jouer au foot pour avoir l'air plus crédible. Ce qui impliquait un tour de taille respectable et un double menton, indispensables à une carrière de politicien à la radio et à la télévision.

Simo avait gagné la confiance de Hamutta en venant aux réunions avec des annuaires sur lesquels il s'asseyait pour être à la même hauteur que les autres. Il en faisait autant à la tribune et, après son mentor, c'était lui qui recueillait le plus d'applaudissements. Une telle opiniâtreté, de la part d'un garçon de moins de dix ans, promettait un grand avenir au Parti des Petits Agriculteurs Ordinaires. Heikki Hamutta était aussi conscient de la nécessité d'une mascotte, un enfant permettait de marquer des points sur le terrain de l'émotion et de l'humanité.

Pahvi s'imprégnait de tout ce qui caractérisait son modèle, aussi bien intérieurement qu'extérieurement, son talent d'orateur, son art de la synthèse, sa bienveillance envers les siens, sa fermeté inébranlable face à ses adversaires et aux injustices.

Cela avait duré vingt ans, Pahvi avait gagné en notoriété au sein du parti et en était devenu le numéro deux. Ailleurs, on ne savait rien de lui. Il s'était porté candidat au parlement, mais sans succès. Refusant de se laisser abattre, il était resté fidèle à Heikki Hamutta.

Il l'accompagnait dans ses tournées, sillonnant les campagnes en tracteur, à moto, parfois en autocar, avec toujours au volant l'autre homme de confiance de Hamutta, son chauffeur Esko Sirpale.

Les sympathisants du parti accueillaient chez eux des réunions où, jusque tard dans la nuit, on discutait de la cause des Petits Agriculteurs Ordinaires et où l'on promettait des améliorations. L'hôte fournissait le gîte et le couvert et c'est ainsi, à la fin d'une de ces soirées, alors que Simo Pahvi allait se coucher, que la fille de la maison était venue lui apporter un cachet contre les aigreurs d'estomac.

C'était elle. Sa future femme et mère de ses enfants, Marjatta. Simo Pahvi était un homme direct et conformiste, et il lui avait donc tout de suite proposé le mariage. Au matin, il avait demandé sa main à son père et, quelques semaines plus tard, il l'avait épousée. Il ne s'était pas écoulé deux mois qu'elle attendait leur premier enfant.

Pendant qu'une nouvelle vie grandissait à l'intérieur de Marjatta, celle de Heikki Hamutta le fuyait. Un cancer de la prostate, l'âge, les combats et les kilomètres parcourus à pied et en voiture avaient eu raison de lui. Pahvi n'y était pas préparé. Personne ne l'est, quand un chef de parti, d'équipe de hockey ou d'entreprise est devenu trop puissant. Quand il disparaît, il ne reste de lui que ses bottes, qu'aucun de ses successeurs ne peut chausser. Ils ne savent pas marcher avec, ni par où elles prennent l'eau, ni que faire de leur semelle qui baille.

À la même époque, les petites exploitations

agricoles et leurs propriétaires avaient aussi définitivement disparu. Il n'y avait plus ni population ni cause à défendre. Heikki Hamutta était mort. Le parti avait fait faillite. Beaucoup avaient cru que son idéal était mort avec lui.

À trente-trois ans, Simo Pahvi n'était plus qu'une ex-étoile montante de la politique. Il s'en était rendu compte en prenant de l'essence à la station-service de la Rose-des-vents, dans le Häme. Il n'avait pas assez d'argent pour faire le plein. Aucune idée de la direction à prendre. Il ne savait pas d'où il venait ni où il allait. Ni ce jour-là sur la route, ni dans la vie en général. Maintenant qu'il était chômeur, ses lunettes destinées à asseoir sa crédibilité politique, son costume mal coupé et son surpoids donnaient une impression de laisser-aller. Il avait rangé les bottes de Heikki Hamutta dans un box de la cave de son immeuble, mais n'avait même pas osé les regarder.

Simo Pahvi s'était demandé ce que son futur enfant penserait d'un père qui ne remplissait que des grilles de loto et des demandes d'indemnités de chômage. Quand il était retourné à sa voiture après avoir payé son essence, il était à deux doigts de sombrer dans un auto-apitoiement débilitant. Mais sur la bretelle de la route n° 4, Simo Pahvi avait eu la seconde illumination de sa vie.

Sur le bas-côté se tenait un auto-stoppeur. Il n'en prenait pas, en général, mais pour une fois il avait du temps devant lui et de la place dans sa voiture. Il s'était penché pour ouvrir la portière côté passager.

«Vous allez où? avait-il demandé.

— Et toi? avait répondu l'homme.

— À Lahti.

— C'est toi qui m'as appelé.

— Pas que je sache…

— Je suis Jesus.

— Jesus?

— Jesus Mähönen, salut. Alors, qu'est-ce qui cloche? Où vas-tu?»

Pahvi avait passé la première et accéléré.

«Peu importe. Je pensais aller faire un tour. À Mikkeli, par exemple.

— Erreur. Tu rentres chez toi. Les tiens ont besoin de toi.»

Pahvi avait regardé l'asphalte devant lui, les écureuils écrasés, les cadavres de chiens viverrins et un homme qui poussait une bicyclette, le porte-bagages chargé de bouteilles vides. Il avait aperçu les mâts de télécommunication et les tremplins de ski de Lahti et avait demandé à Jesus de répéter.

«Les tiens ont besoin de toi.»

C'était vrai, à condition de savoir qui étaient les siens. Il y avait Marjatta et il y avait le parti.

«Tu fais demi-tour au prochain croisement et tu rentres chez toi.»

Simo avait fait demi-tour et était rentré.

«Un enfant va te naître dans les prochains jours, avait dit Jesus Mähönen. Prends soin de lui. Et ensuite de tout le reste. Tu dois montrer la voie. Tu es l'agent au carrefour de la vie. La police de la route de la politique intérieure. Tu dois savoir qui stopper au feu rouge, qui laisser passer au vert. Quel itinéraire est dégagé, où sont les risques de bouchon. Et où circulent des convois exceptionnels impossibles à doubler avant des dizaines de kilomètres.»

Pahvi avait répliqué qu'il ne comprenait déjà pas toujours ses propres métaphores et que Jesus avait donc intérêt à s'exprimer plus clairement.

«Aie confiance dans tes capacités, Pahvi. Ce n'est que comme ça que tu deviendras un homme politique finlandais plus grand et plus mythique que Heikki Hamutta. Tu comprends ?»

Simo avait réfléchi.

«Tu as raison. Réfléchis, mais ne t'enlise pas dans tes pensées. Décide-toi. Bonne ou mauvaise, une décision vaut toujours mieux qu'un entre-deux. Je descends là.»

Pahvi avait laissé Jesus à la station-service de Keimolanportti et, bien que je sois le narrateur omniscient, je suis incapable de dire s'il s'agissait réellement du Messie ou juste de Mähönen, évadé de l'hôpital psychiatrique de Kellokoski. Peu importe, car dans la foi, par définition, la question n'est pas de savoir si les choses correspondent à la réalité, mais de croire.

Pahvi était passé au supermarché avant de rentrer chez lui et avait préparé du café, accompagné d'un litre de glace à la vanille et de sauce au chocolat. Sa femme lui avait demandé ce qu'on fêtait, n'était-il pas, la veille encore, au fond du gouffre et du désespoir ?

« On fête la procréation », avait répondu Pahvi, avec pour la première fois dans la voix cette rondeur qui ferait sa célébrité. « Une part de moi grandit en toi, Marjatta. Et demain je vais commander 5 000 cartes pour les futurs membres du parti.

— Quel parti ?

— Mon parti. Le Parti des Gens Ordinaires. Tu veux de la crème dans ton café ? »

Le poids du parti dans l'électorat, qui était nul au départ, atteignait désormais trente-trois pour cent. L'autorité tranquille de Simo Pahvi avait petit à petit, grâce aux méthodes copiées sur Hamutta, aux principes qu'il avait lui-même élaborés et aux conseils de Jesus, fait son chemin dans la conscience du pays tout entier. Avec Ozzy Osbourne, il était le seul au monde à avoir prouvé qu'il suffisait pour réussir d'être soi-même. La plupart d'entre nous doivent faire un réel effort pour être plus qu'eux-mêmes s'ils veulent réussir autre chose que le porridge du petit déjeuner. Être soi-même, c'est le plus souvent être un détestable chefaillon, un raseur, un sale type satisfait de lui, un ricaneur, une bimbo, un crétin, un don Juan irresponsable, un angoissé timoré, un avorton sournois, bref, rien qui rencontre un écho où que ce soit.

Simo Pahvi, lui, en éveillait sur les marchés, dans les fermes, dans les pubs et sous les ponts. Et ces échos répondaient à tue-tête. Être soi-même, pour Simo Pahvi, c'était être comme un oncle qui dit assez parlé, au boulot ! Qui ose se lever de table et dire merde, le vieux, un mot de plus et c'est la grève. Derrière lequel on est prêt à partir au bal du village, travailler en Suède, se bagarrer dans un bar, faire la guerre d'Hiver, la guerre de Continuation et la guerre civile et aller à l'église à Noël.

Il fallait être proche des électeurs. À leur contact, dans leur peau. À portée de main de la tasse à café sale ou de la canette de bière rapportée de Tallinn. L'été autour du barbecue, prêt à passer le paquet de saucisses, dans le jardin de trois mètres carrés de maisons jumelées à loyer modéré. C'était de là que venait Pahvi, c'était là qu'il allait, là qu'il trouvait la justification de sa politique et de son existence.

C'était en étant lui-même qu'il avait connu la défaite et remporté ses victoires. Qu'il avait labouré le terrain et appris à connaître ses électeurs. Une simple poignée de main n'y suffisait bien sûr pas, mais Pahvi savait tirer des conclusions et généraliser, tout en donnant l'impression de s'adresser personnellement à chacun. L'important était de savoir ce qu'il manquait à l'un ou à l'autre. Que proposer à la place ? Fallait-il promettre ce dont on avait réellement besoin ou autre chose ? Dénoncer ce qui n'allait pas ou détourner l'attention, externaliser le problème ? Qui accuser en cas de carences et de défaillances ?

Simo Pahvi donnait de lui-même l'image de

quelqu'un qui savait diagnostiquer le problème et reviendrait l'été suivant y remédier. Une gouttière arrachée. Des freins qui grincent. La délocalisation d'une entreprise à l'étranger. Le chômage. La modicité des retraites. Les immigrés.

Pahvi faisait naître dans l'esprit des électeurs l'espoir d'être comme lui. La distance entre le peuple et lui était si faible que l'isoloir n'était ensuite plus qu'à un pas et que les gens mettaient le bon bulletin dans l'urne.

Il pimentait sa normalité de petites singularités. Il avait une doudoune banale sentant la fumée de cigarette, l'huile de moteur et la sauce pour kebab, mais une écharpe verte sortant de l'ordinaire, aux couleurs de l'équipe suédoise de bandy Bemböle F.I.S. dont il était un ardent supporter. Son enthousiasme était sincère, né lors de son voyage de noces à Uppsala, mais l'afficher avait pour objet de tester l'élasticité de son soutien politique. Si on acceptait de lui un choix sportif aussi particulier, on pourrait aussi, en cas de coup dur, le suivre sur n'importe quel autre terrain. Il évitait avec soin de définir trop strictement sa ligne politique. Quand on garde une certaine liberté de mouvement, on peut à tout moment trouver des soutiens auprès de nouvelles audiences. Et, comme il l'avait escompté, l'écharpe peaufinait sa caricature.

L'autre pierre de touche de Simo Pahvi était Jesus Mähönen. Il s'était vanté, dans une interview à un magazine people, de connaître personnellement Jesus et de discuter souvent avec lui de ses décisions privées et politiques. Même ça, le peuple et les médias l'avaient accepté, parce que sa déclaration avait été considérée comme une métaphore. Quand Pahvi ne savait pas ou ne voulait pas répondre à des questions sur le budget, par exemple, il lançait :

« Je dois d'abord demander à Jesus. »

Ses partisans éclataient de rire. Ses adversaires politiques se demandaient pourquoi tout lui réussissait. S'ils avaient dit la même chose, on les aurait traités de malades mentaux.

« Trois mots suffisent à changer le monde. Le tout est de savoir lesquels. »

Pahvi n'avait jamais oublié ce précepte de Heikki Hamutta.

Le Parti des Gens Ordinaires avait obtenu aux élections législatives, à la troisième tentative, une victoire que les journalistes politiques avaient qualifiée de tsunami, signifiant par là que la vague avait déferlé loin à l'intérieur des terres, renversant et bousculant tout, mais se retirerait bientôt avec fracas, renvoyant bon nombre des éphémères députés à leur condition initiale de scieur, postier, ouvrier au chômage de l'industrie papetière, étudiant, garde-frontière, policier ou caissière.

Le parti était conscient du risque, et certains, sous la conduite de Pike Salomaa, vainqueur du championnat du monde de bras de fer, voulaient s'en remettre, pour la prochaine campagne électorale, au savoir-faire d'une agence de publicité indépendante.

Simo Pahvi disait souvent en public qu'il écoutait toutes les personnes plus avisées que lui. Mais Pike Salomaa n'en faisait pas partie, même s'il lui avait apporté les voix des femmes et des amateurs de bras de fer de sa circonscription. En réalité, aux yeux de Pahvi, personne n'était plus avisé que lui, et seuls l'égalaient son chauffeur Esko Sirpale et Jesus.

Mais il savait qu'aucun dirigeant ne devait devenir trop puissant et irremplaçable. Quand on accapare tout le pouvoir, on commence à trouver des ennemis jusque dans sa propre cuisine.

Simo Pahvi était à l'origine de son propre succès. Comme il l'était de ses problèmes.

Il alla au comptoir se resservir une tasse de café.

Simo Pahvi mordit dans son beignet, le cinquième de la journée, et but une gorgée de café. Il déclara à Esko Sirpale qu'il ne voyait personne qui soit capable de sortir des rangs du peuple pour en prendre la tête. Il tira un paquet de cigarettes de sa poche, Esko Sirpale fit de même, puis ils jetèrent leur contenu à la poubelle et les déplièrent. Leur carton servait à Simo Pahvi d'ordinateur portable et de table à dessin. C'était sur ce support qu'il avait dressé les plans de son chalet de vacances, de sa carrière, de son mariage, de son budget de campagne et de sa politique européenne. Tout cela selon les mêmes principes. Des fondations imperméables à l'humidité. Des murs solides, un grenier accessible et bien aéré. Et de la tôle épaisse sur le toit, pas du papier d'étain.

«À quoi est-ce qu'on s'attelle? demanda Esko Sirpale.

— À une stratégie.

— On ne va pas faire appel à une agence de publicité ? On va y travailler nous-mêmes ?

— Ce n'est pas travailler qui fait mal au dos, mais s'incliner. »

Puis Pahvi tourna sans rien dire sa cuiller dans sa tasse de café.

« Il y a un problème ? demanda Sirpale.

— Un gros, soupira Simo Pahvi. C'est que j'ai obtenu tout ce que je voulais.

— Oui. Bravo et félicitations.

— J'ai été nommé ministre. J'ai atteint tous mes objectifs. »

Il laissa errer son regard sur la clôture entourant le stade d'Eläintarha et sur une femme en bleu de travail qui faisait le plein d'un Ford Transit.

« Exactement, dit Esko Sirpale. Merde. On ne va pas pleurer là-dessus.

— Je suis vide. »

Une fois sorti de chez lui, Jesus Mähönen mit trois minutes pour arriver à vélo à la station-service. Il ne buvait pas de café, et demanda juste une tasse d'eau chaude.

« Racontez, dit-il.

— Je suis vieux jeu, déclara Simo Pahvi. Je ne passe pas l'aspirateur. Je ne compte pas mes calories. Je suis partisan de la responsabilité, pas de la liberté. »

Jesus et Esko Sirpale hochèrent la tête et l'invitèrent à poursuivre.

« J'ai perdu foi. Dans l'avenir.

— Il s'est passé quelque chose ?

— Non. Je vais gagner la présidentielle. »

Jesus et Esko Sirpale acquiescèrent.

« Mais quand je serai président, il faudra que quelqu'un prenne les commandes. Qui, nom de Dieu ? »

Ils restèrent silencieux. Derrière eux, aux machines à sous, la vieille Irma aligna trois pastèques et gagna cent euros.

« Je suis le Parti des Gens Ordinaires, dit Pahvi. Mais j'ai compris ce matin en me rasant qu'on ne pouvait pas en confier les rênes à des gens ordinaires. Je croyais que si, mais non. Les gens ordinaires aiment le pouvoir, pas les responsabilités.

— C'est bien que tu l'aies compris, dit Sirpale. Comme Hamutta.

— Les gens sont comme ça, dit Pahvi. Mais si on donne le pouvoir à quelqu'un qui le convoite, on va se retrouver très loin de l'idée de départ du Parti des Gens Ordinaires. Mon successeur doit être l'élu, avec un grand É. »

Simo Pahvi termina son café, pensif. Il alla en chercher une tasse de plus, la but, réfléchit encore un moment, regarda ses hommes de confiance et ausculta son cœur.

« Je n'ai jamais douté de rien. Mais aujourd'hui si. Je ne veux pas laisser détruire mon œuvre.

— Mais tu veux être élu président ?

— Si je n'y vais pas, je le regretterai toute ma vie. Mais on a besoin d'un homme de valeur pour diriger le parti. De quelqu'un qui ne nous lâche pas. Ne tire pas à tort et à travers avec une arme à feu quand il est ivre. Ne poursuive pas son propre intérêt. Ne sorte pas de conneries à la télévision. Évite de dire franchement ce qu'il pense des nègres, des pédés et de l'avortement. Ne se déclare pas partisan de la peine de mort avant que les temps soient mûrs. Soit capable de parler du patronat, de la révision de la réglementation sur les eaux usées et de l'UE. Ce doit être un homme neuf mais sage. Proche du peuple. Capable de le comprendre. Sensible aux nuances et à l'air du temps. Et surtout désintéressé.»

Simo Pahvi resta longtemps silencieux. Jesus Mähönen aussi. Esko Sirpale siffla entre ses dents et croisa ses mains sous sa nuque.

«Vous voyez bien, dit Pahvi. Il n'en existe pas.

— Bien sûr que si, dit Sirpale. Si l'histoire nous apprend quelque chose, c'est qu'aucune place ne reste longtemps inoccupé.»

Jesus Mähönen hocha la tête.

«Éclaire-moi, lui demanda Pahvi. Dis-moi où trouver un tel homme.»

Et Jesus le lui dit.

L'incessant mouvement s'arrêta dans le service des soins intensifs, au septième étage de l'hôpital de Meilahti, dans une chambre sous haute surveillance.

Je sens les sutures de mes flancs.

Je suis plein de trous.

C'était donc ça, cette vie si merveilleuse ?

Je ne sais pas si c'est le jour ou la nuit, on me nourrit par un tuyau.

Les policiers faisaient les trois-huit, il y avait en permanence quelqu'un de garde.

Pour me surveiller ?

Me protéger ?

De qui ?

C'était Iegor.

Est-ce qu'on l'a arrêté ?

Les médicaments me font faire des rêves étranges.

Il y a Harri Pykström en train de cueillir des champignons en compagnie de l'écrivain Arto.

Ils me font signe, de l'autre côté de la rivière.

Je les rejoins. En quad, en barque, pour boire

du tord-boyaux, aller au sauna, flotter du bois, construire des usines, lancer des éclairs, taper fraternellement dans le dos du fils de l'homme. Travailler comme un homme. Un vrai.

Un homme.

Suis-je un homme ?

Que suis-je ?

Qu'est-ce qu'un homme qui n'est pas capable d'offrir des chaussures à crampons à son fils ?

Quand Vatanescu put parler, il s'inquiéta en premier lieu du lapin. Personne ne savait rien de précis à son sujet, mais pour le policier de service, il n'était pas impossible qu'il ait fini au zoo dans l'estomac des tigres. Il promit de tirer la question au clair.

Si le lapin meurt, je mourrai.

« Allons, n'exagérons rien. Tout va s'arranger. »

Si je meurs, le lapin mourra.

Si on m'expulse, je me ferai tuer.

Les médicaments tenaient la douleur en respect, mais brouillaient aussi l'esprit de Vatanescu, qui vacillait et ondoyait. Il avait perdu tout sens du temps et du lieu et devant ses yeux dansaient des taches et des traits gris. Il demanda si on avait des nouvelles de Sanna Pommakka, mais ce nom ne disait rien au personnel hospitalier ni aux policiers.

A-t-elle seulement jamais existé ?

Et moi ?

Tous les jours, un médecin vérifiait son état

pour savoir si on pouvait l'interroger et mettre en œuvre la procédure d'éloignement.

Vint enfin le jour où Vatanescu pu manger seul. Dans son lit d'hôpital en position relevée, du bouillon de viande et du lait caillé.

«Tu n'es apparemment pas en règle avec le fisc. Tu te promenais avec un animal sauvage que tu as introduit dans des restaurants, dans une agence pour l'emploi et dans un hôpital. Tu as exercé la prestidigitation dans un train sans autorisation de spectacle vivant. Tu as participé à une manifestation interdite...»

Vatanescu écoperait de jours-amendes et serait expulsé vers son pays d'origine. Il pourrait emporter ce qu'il possédait à son arrivée.

Rien.

Je n'avais rien.

Des chaussures à crampons m'auraient suffi.

«Il y a peut-être une autre solution.»

Je n'ai pas d'argent. Je n'ai pas de quoi verser des pots-de-vin.

«Tes délits ne valent pas un pet de lapin. Il y a quelque chose de bien plus important.»

Le lapin.

«Kugar. Toi seul peux témoigner contre lui. Quels étaient vos liens?»

Si je le dis, je m'en tirerai peut-être à bon compte.

Si je le dis, je risque la mort.

«Que veux-tu dire, Vatanescu?»

Iegor ira peut-être en prison, mais il y aura toujours quelqu'un pour poursuivre ses activités. Son poste ne restera pas vacant longtemps. Vous n'aurez pas le temps de cligner des yeux qu'il sera déjà remplacé.

Pour eux, je serai toujours un cafard.

« Depuis quand connais-tu Kugar, Vatanescu ? »

Un cafard à écraser.

« C'est un trafiquant d'êtres humains, de drogue et d'armes. Tu n'as aucune raison de le protéger. »

Non, mais je dois me protéger moi-même.

Et mon enfant. Et ma mère.

« Nous savons que… ta sœur… »

Ma sœur !?

« Est en sécurité. Dans un refuge. On a découvert un bordel clandestin en Pologne, toutes les filles sont en sécurité. Mais vous êtes partis ensemble de Roumanie, et son témoignage nous sera également utile. Nous pouvons garantir une protection à ta famille. »

Vous ?

Toi ?

Un Finlandais ? Tu vas protéger ma famille en Roumanie ?

« Oui. Ou ici. Comme tu voudras. »

Iegor Kugar fut conduit dans une cellule du commissariat central de Helsinki, à Pasila, et de là, sous escorte spéciale, dans une prison de très haute sécurité dont on taira le nom, quelque part dans la Finlande profonde. Sa détention ne le chagrinait pas, il était serein, vengé, ayant accompli ce qu'il devait accomplir. Les menottes ne le blessaient pas, la justice finlandaise avait la douceur du ventre d'une mère. La prison, dans ce pays, était plus agréable et plus équitable que la liberté dans la plupart des autres. Tout allait donc bien pour Iegor Kugar. Ou pas ?

« Putain de putain de putain de putain de putain de bordel de merde !!! Ce foutu mendiant n'était pas mort.

Entre Vatanescu et bibi, c'était une question de valeur marchande. J'avais tenté une petite OPA, et même ça, ça avait foiré. »

En prison, Iegor Kugar se heurta à une hiérarchie dans laquelle rien n'était plus abject que les délinquants sexuels, à part les tueurs de lapin. La population carcérale avait en effet suivi comme le reste de la nation les tribulations de Vatanescu et de son lapin et y avait trouvé du réconfort. Leur libre vagabondage donnait de l'espoir aux détenus. Ils voyaient en Vatanescu un exemple. Un exclu de la société qui avait réussi, qui avait retenu l'attention et gagné le respect inconditionnel de ses contemporains.

Dès le premier jour, au réfectoire, Iegor Kugar dut se défendre à l'aide d'un plateau et de café brûlant. Des tournevis le menaçaient de deux côtés, et seule la rapide intervention des gardiens lui sauva la vie.

Il demanda à être mis à l'isolement et on le lui accorda. Lui qui ne pouvait pas dormir sans une femme dans son lit préférait désormais être aussi seul qu'on peut l'être en ce monde.

> « J'y ai vu une possibilité de développement spirituel. Pour être plus fort et plus doux le jour où je sortirais de taule. Je n'ai scotché aucune image de chagatte sur les murs, comme les branleurs des autres cellules. Je voulais de l'authentique, ou rien. Pas question de tâter du rond. Baiser, c'est une question d'odeurs, de courbes, de moelleux et de contrastes. Fantasmer sur le gonze d'à côté, le même genre d'ordure que bibi, putain, non merci. J'ai besoin de

sentir une peau, un parfum, des cheveux bouclés, des nibards, un vrai fumet de sexe, pouvoir titiller des pointes de sein et aller aussi loin que possible, juste au bord du feu d'artifice. Y rester quelque chose comme une demi-heure. Et après seulement balancer la purée.

Mais merde, pourquoi est-ce que j'écris des trucs pareils, putain ça me fait bander ! Et je ne vois pas qui publierait ça.

J'avais fini de tirer mes coups.

Mais pas de tirer mon temps. »

Ainsi Iegor Kugar moisissait-il en méditant dans sa cellule individuelle, sortant se promener une demi-heure par jour, regardant les murs et le ciel. Il n'avait aucun but dans la vie. Juste un souhait.

« Le pire aurait été qu'on me renvoie dans la mère patrie et qu'on exhume là-bas quelques méfaits de plus que le surinage du mendiant. Je tenais à rester client du système pénitentiaire finlandais.

J'ai essayé de trouver Dieu. J'ai accroché une icône au mur, mais je n'y ai rien vu. Puis j'ai pris une télé, qui m'en disait déjà bien plus, mais putain ils faisaient tous les jours le point sur la santé de Vatanescu. Ils citaient mon nom et montraient ma gueule, sans oublier de rappeler que l'affaire avait dégénéré en incident diplomatique.

Les informations ne disaient rien de mon passé, je n'avais jamais rien raconté à personne, et mon nom avait à coup sûr été effacé des fichiers des services de renseignement.

Pendant les interrogatoires, j'avais joué les crétins finis, du genre j'sais pas, hein, quoi, moi, non, pourquoi ?»

Confiné dans sa solitude, Iegor Kugar entreprit d'écrire ses mémoires. D'abord en secret sur du papier à carreaux, parce qu'il s'imaginait que c'était interdit. Ayant vu ce qu'il faisait, un des gardiens de la prison, un brave type originaire d'Askola, lui fournit une machine à écrire et des feuilles blanches.

«Je veux raconter mon histoire pour une raison simple. Pour que personne ne s'engage sur la voie où je me suis égaré… Mon cul. Je fais ça pour l'argent. Pour qu'un éditeur me signe un contrat. Ou que *Bild* publie une interview exclusive de bibi. Ce serait au poil d'avoir à m'attendre à ma sortie de prison une BMW Série 7. Je crois que les mémoires d'un trafiquant d'êtres humains pourraient faire un tabac en Finlande, à voir le succès que remportent déjà les radotages de vieux homos, de vieilles lesbiennes et de vieux hétéros sur leurs combats culturels. Je me permets de croire que les vrais combats d'un vrai Russe pourraient se tailler leur part des ventes de la rentrée littéraire. »

Pendant qu'Iegor Kugar écrivait, la justice suivait son cours. Le procès eut lieu dans un abri antiaérien, loin de tout, car on soupçonnait le syndicat international du crime de ne pas être étranger à l'affaire et l'on craignait, en cas de publicité excessive, de voir se poser dans la cour du tribunal des hélicoptères furtifs et de bruyants commandos des forces spéciales de certains pays étrangers.

> « Bibi a eu le meilleur avocat possible, un dénommé Limpola. Il m'a dit qu'il regrettait de ne pas avoir vécu à l'époque du procès de Nuremberg. Il aurait aimé défendre des nazis. Par pure provocation. Et dans la même phrase, il m'a raconté être un quart tzigane. Par pure provocation. Je m'en fichais, tant qu'il faisait ce qu'il fallait pour que je bénéficie de la peine la plus légère possible, autrement dit du meilleur deal. Après tout, ça aussi c'était du bizness, savoir quel marché passer compte tenu de la conjoncture. »

Mais même le meilleur des avocats n'aurait rien pu y faire et, une nuit, l'heure du départ sonna pour Iegor Kugar. Les négociations diplomatiques avaient abouti et on était venu le chercher pour le ramener chez lui. Étaient-ce des hommes des services secrets ou de l'Organisation ? Sans doute les deux, à double casquette. On lui mit une cagoule noire sur la tête, et le brave gardien d'Askola ne put rien faire d'autre qu'assister à la scène.

« Quelqu'un avait cafardé. Vatanescu s'était mis à table. On m'a ramené à la maison avant que je puisse comparaître devant la justice internationale. J'espère que j'aurai au moins mon nom en gros caractères. Dans la presse people. Sur le net. Sur ma tombe. »

Une fois les blessures de Vatanescu refermées, on le transféra des soins intensifs au service général de l'hôpital. Un policier en civil resta posté dans le couloir, pour le garder ou le protéger, selon qu'il tentait de sortir de sa chambre ou quelqu'un d'autre d'y entrer. Les journées étaient longues, l'avenir incertain, heureusement il y avait la télévision qui passait d'innombrables émissions d'information et du football de qualité.

Un homme et une femme vinrent rendre visite à Vatanescu, c'étaient un enquêteur de la police judiciaire centrale et la médiatrice des étrangers, qui avaient à la main des papiers disant que Vatanescu serait expulsé vers son pays d'origine.

Vous aviez promis… Cet homme. Celui qui m'a interrogé sur Kugar.

«Je ne suis pas au courant.»

Il m'a promis ma sœur.

Ma mère.

Mon lapin.

L'enquêteur de la police judiciaire déclara que Vatanescu pouvait s'estimer heureux de s'en tirer à si bon compte. Les charges retenues contre lui étaient nombreuses.

On ne m'a pas laissé le choix…

Il y a dans ce monde de plus grands criminels.

La médiatrice tenta de le consoler, après tout, il allait pouvoir rentrer chez lui.

Toi, tu as un chez toi.

Moi, je ne sais même pas si mon village est encore debout.

On fit signer à Vatanescu une liasse de documents dont personne ne prit la peine de lui expliquer le contenu. Le lendemain matin, après un dernier examen médical, il serait reconduit à la frontière. Il avait le choix : prendre l'avion sous escorte ou partir seul au volant d'une vieille camionnette. Dans ce cas, on lui verserait des indemnités kilométriques et journalières calculées selon le barème de l'État finlandais, avec lesquelles il pourrait vivre deux bons mois en Roumanie.

L'homme et la femme serrèrent la main de Vatanescu avec un signe de tête compatissant, du style ce n'est pas nous, mais la loi et le système.

« Remettez votre pays sur pied et nous y viendrons en touristes, dit la femme.

— Je suis souvent allé en Bulgarie à l'époque soviétique, dit l'homme. Bonne nuit, Vatanescu. Vous permettez que je prenne encore une photo… Mon fils me l'a demandé quand il a appris que je devais venir vous voir… »

Mon inutile voyage de fou…

« Et votre autographe. Pour Väppi. »

Je n'ai plus aucune valeur, maintenant que j'ai parlé.

La vie n'est qu'un marchandage.

Iegor était ma seule monnaie d'échange.

Ils m'ont pris mon avenir.

Je veux des chaussures à crampons.

Vatanescu entendit la clef tourner pour la nuit dans la serrure de sa chambre. Il avala les médicaments de sa coupelle, les fit passer avec un peu d'eau et se coucha. En une demi-heure, le traitement agit, la douleur de son ventre disparut, la réalité se perdit dans un brouillard gris.

Vatanescu fut réveillé six heures plus tard par un bruit de mastication. Quelqu'un était en train de manger le porridge de son dernier petit déjeuner démocratique. Il frotta les chassies de ses yeux et s'assit sur son lit, le soleil filtrait par une petite fenêtre, il y avait du café dans un thermos et aussi, ce matin, du jambon et du fromage.

« Morjens. Guten Morgen. Good morning. »

Mon escorte ?

« Non, Pahvi. »

C'est toi qui vas m'emmener en avion dans mon pays ?

« Pahvi, Simo. Simo Pahvi. »

L'homme lui tendit la main.

Molle.

Moite.

Voilà qu'il serre. Fort. Est-ce qu'il me regarde dans les yeux ?

Oui.

Quelque chose bougeait dans la poche intérieure de Simo Pahvi. Il fit claquer sa langue et ouvrit sa veste. Le lapin sauta sur son genou et de là sur le sol, pédala un instant sur le lino et se précipita dans les bras de Vatanescu.

Mon ami.

Des larmes fatiguées coulèrent des yeux de Vatanescu.

Je pensais…

… on m'avait dit que…

… tu avais servi de nourriture aux tigres.

« C'était un malentendu, misunderstanding, dit Simo Pahvi. Je te croyais en cellule, alors que tu étais ici à l'hôpital. »

Nous ne sommes pas morts.

Vatanescu pris le visage du lapin entre ses mains et planta ses yeux dans les siens. L'animal remua le nez et le regarda avec cette confiance que seuls les enfants ont envers leur père. Ou était-ce Vatanescu qui le regardait ainsi ? Quoi qu'il en soit, ils étaient maintenant réunis et prêts à affronter l'incompréhensible suite des événements.

Simo Pahvi s'essuya les mains sur son pantalon et délogea avec une allumette un brin du porridge coincé entre ses dents.

« Do you know who I am ? »

Aucune idée.

Simo Pahvi expliqua qu'il était le chef de tribu de cette nation. Le roi. Il capo di tutti i capi. Il avait bien plus de puissance et de pouvoir que n'en avait jamais eu Iegor. Ce dernier n'était que locataire d'une misérable parcelle de terrain. Lui possédait pour quatre ans le pays tout entier, jusqu'au moindre lac, des HLM de banlieue aux villas cossues de Westend.

J'ai déjà tout dit sur lui.

« Sur Iegor Kugar ? Je me soucie de ce type comme d'une guigne. C'est l'affaire d'Interpol. »

Ma sœur. Il a été question de ma sœur.

« Tout baigne. J'ai un message de sa part. »

Simo Pahvi avait à ses pieds un grand sac en plastique de supérette Siwa d'où il sortit une cassette VHS. Le matériel d'enregistrement de l'hôpital accusait dix ans de retard et l'on n'eut donc pas trop de mal à trouver un magnétoscope adéquat. Pahvi l'examina un moment pour savoir dans quel sens insérer la cassette. La bande se mit à tourner.

Ma sœur.

Elle a changé de couleur de cheveux.

Un aéroport avec des panneaux en allemand.

Elle dit qu'elle part le plus loin possible d'Europe centrale et orientale.

Elle me remercie.

Mais n'a pas l'intention de me rejoindre dans un pays nordique. A économisé tout l'argent gagné avec son corps, ce qui n'est pas grand-chose, parce que l'Organisation prenait soixante-quinze pour cent. Mais quelque chose quand même. C'était un si sale boulot qu'elle en veut maintenant pour son argent. Elle le doit à son corps.

Elle a l'intention d'ouvrir une salle de fitness.

N'a pas l'intention de fonder une famille.

A l'intention d'ouvrir un compte d'épargne.

N'a pas l'intention de sombrer dans l'alcool ou la drogue.

Espère que je vais bien. Que je viendrai la voir. Que je m'en sors, même si elle n'est pas là pour me surveiller.

L'enregistrement s'arrêtait là, la bande crachota, puis vinrent des images d'un match de bandy vieux de plusieurs années. Simo Pahvi appuya sur le bouton de la télécommande pour éteindre la télévision. Vatanescu serrait le lapin sur sa poitrine, digérer tout cela était comme avaler en même temps des boulons et un beignet nappé d'un glaçage rose.

« De ce côté tout est O.K. », dit Pahvi en ouvrant le berlingot de lait du plateau de petit déjeuner de Vatanescu. « Mais ce qui m'intéresse, c'est toi. »

Moi ?

Pour qui me prends-tu ? Qu'est-ce que vous avez tous ?

« Tu n'es pas un criminel, Vatanescu. »

Je ne l'ai jamais été.

« Ni à mes yeux, ni à ceux du peuple. »

J'ai été un mendiant. Un investisseur. Un bétonneur.

«Tu es la forme de vie la plus achevée, Vatanescu.»

Un prestidigitateur?

«Une célébrité.»

Vatanescu était assis sur le siège arrière d'une voiture, nouvelle pour lui mais connue de tous les Finlandais sous le nom de Mercedes à un million. Elle avait été achetée neuve quand le Parti des Petits Agriculteurs Ordinaires avait atteint la barre des quinze pour cent d'intentions de vote. Elle avait connu son essor, sa chute et sa disparition, sa renaissance et son succès actuel, tout comme son chauffeur Esko Sirpale. Le million faisait référence au nombre de kilomètres parcourus par la voiture. On y avait élaboré des campagnes électorales, pleuré des défaites d'équipes de bandy et discuté des douleurs de croissance des enfants. Simo Pahvi l'appelait son bureau.

La Mercedes à un million cadrait parfaitement avec le style de Pahvi. Elle était à la portée du peuple, le prix moyen d'un modèle de cette année était d'environ mille euros, six cent cinquante en marchandant. Pour se payer une Audi A8, le véhicule de fonction habituel des ministres, un citoyen ordinaire aurait dû revendre une entreprise, gagner au loto ou braquer une banque. Mais pour une Mercedes à un million, économiser sur son allocation de revenu minimum suffisait.

« Les bas de caisse sont mangés par la rouille, dit Simo Pahvi à Vatanescu. C'est la preuve que cette voiture est vivante. Il n'y a que les bourgeois pour protéger leur carrosserie. Les automobiles aiment qu'on les utilise. »

Il planait dans la Mercedes une tenace odeur de cigarette qui couvrait toutes les autres. Vatanescu s'y trouvait à l'aise, elle ressemblait aux voitures dans lesquelles il avait voyagé tout au long de sa vie, chaque fois qu'il en avait eu l'occasion. Elle consommait autant d'huile que d'essence aux cent, mais ce n'était pas un problème pour Simo Pahvi.

« On a construit ce pays les mains dans le cambouis », déclara-t-il, comme lors de la dernière séance de questions au gouvernement.

Il sortit de son sac Siwa un costume pour Vatanescu. Mal coupé et froissé d'avance.

« Quelle est ton équipe de foot préférée ? »

Celle où jouera mon fils.

Pahvi fouilla dans son sac et hésita un moment entre les écharpes du Real Madrid, du HJK et du Steaua Bucarest. Il finit par choisir celle de l'équipe nationale finlandaise. Il y avait aussi des écharpes miniatures pour le lapin.

« On va attendre le moment propice. Inutile d'aller tout de suite au turf l'écharpe au cou. »

Où ça ?

« Désolé pour mon anglais, mais tu n'as pas non plus l'accent d'Oxford. »

Nous nous comprenons.

Pour ce qui est de la langue.

Mais je ne comprends pas ce que je fais là.

« On ne peut pas t'expulser. Ça déclencherait une révolution. Bon sang ! L'Église a promis de t'accorder l'asile. »

À moi, Vatanescu ?

« On a parlé de toi à l'ONU. Le coffre de la Mercedes est plein de pétitions signées en ligne, de peluches et de sous-vêtements de femmes. Quelques-uns d'hommes aussi. Tout ça à ton intention. »

Ne vous moquez pas. S'il vous plaît.

« Crois-moi, ça se voit, quand je me moque. Écoute. Sais-tu ce qui compte le plus en politique, de nos jours, Vatanescu ? »

Les questions de fond ?

« Les questions de fond, je les laisse à ceux que ça intéresse. Moi, mon truc, c'est de peser sur l'opinion. Sur le peuple. De convaincre. D'avoir de l'influence. C'est ça la politique. Ça l'a toujours été. »

Je n'y connais rien.

Je n'ai jamais voté.

Je ne sais pas si j'en ai le droit.

« Bien sûr que oui. Tout le monde l'a. En démocratie chaque voix compte. Chacune est décisive. Sais-tu sur quoi repose ma réussite ? »

Vatanescu regarda le gros homme au souffle

court assis à côté de lui. Il n'avait pas l'air au premier abord d'avoir réussi, comme les rappeurs ou les grands patrons.

« Ma réussite repose sur ce que je suis. »

Jovial et en surpoids ?

« Je connais les masses, je sais faire en sorte qu'elles me suivent. Je suis un berger. Les gens veulent regarder à la fois vers le bas et vers le haut. »

Qu'est-ce que je viens faire là-dedans ?

Où veux-tu en venir ?

« Human interest. »

Hein ?

« Les grandes choses ont besoin du visage d'un humble citoyen. »

On peut difficilement faire plus humble.

« Ce n'est pas non plus la peine d'avoir l'air misérable. Parce que jusqu'ici, vois-tu, ce visage était le mien. Mais je vais franchir un degré de plus et, de toute façon, je ne suis plus si humble. Un premier ministre ne l'est jamais, et encore moins un président. Mais il existe un nouveau visage. »

Je ne comprends pas.

« Le tien, Vatanescu. »

Simo Pahvi demanda à Esko Sirpale de s'arrêter devant son restaurant préféré. C'était à cet endroit précis qu'il avait annoncé, au plus fort de sa campagne électorale, que les étrangers n'avaient pas à s'inquiéter. Tant qu'ils travaillaient comme Ming Po.

Depuis, le Palais de Ming était devenu une chaîne de restaurants qui concurrençait directement les deux plus grandes enseignes de fast-food du pays. Ce succès était en partie dû à Simo Pahvi, et en partie à la décision du nouveau gouvernement d'accorder des allégements fiscaux à tous les établissements mettant à leur menu de la daube carélienne. Pahvi choisit sur la liste des plats à emporter le numéro dix-huit, la pizza Finlandia, qui tirait son nom de la couleur bleu et blanc du roquefort et avait pour principal ingrédient du cervelas suomi.

«Trois. Ah oui… et trois laits.»

Ils s'installèrent avec leur repas sur le siège arrière de la voiture.

«Si tu veux bien, je vais t'expliquer pendant qu'on mange.»

Tu n'as pas besoin de ma permission.

«C'est vrai. Mais. Écoute. Tu n'es peut-être pas conscient de ton poids.»

Soixante-sept kilos, d'après la balance de l'hôpital, pour un mètre soixante-dix-sept.

«Je parlais métaphoriquement. Depuis quelques mois, Vatanescu, tu es plus présent dans les médias que… je ne sais pas… les Beatles. Je ne suis plus très jeune. Mais toi, tu n'as pas quarante ans. Le plus bel âge de l'homme.

— Abrège un peu, intervint Esko Sirpale, on a du mal à te suivre. Reste clair.

— Oui. Donc. Vatanescu. Je suivais tes pérégrinations depuis déjà un moment, mais je n'ai compris ta valeur que quand Jesus me l'a montrée.»

Le Christ?

«Mähönen. Je n'ai d'abord pas trop su qu'en faire… un phénomène mondial et un pauvre clochard. Mais je me suis laissé prendre au jeu. Merde. Vatanescu. Tu marchais toujours droit. L'échine droite. L'esprit droit. Droit devant toi. N'est-ce pas?»

J'étais ballotté.

Je marchais pour ne pas m'arrêter.

Mon voyage n'avait pas d'autre but.

«Chaque fois qu'on te voyait quelque part, tu faisais le job, cent pour cent classe.»

J'essayais de m'en sortir.

Je voulais des chaussures à crampons.

«Tu n'as pas cédé une seule fois à la facilité ou à l'égoïsme. Tu as sauvé le parc national. Tu as exposé la corruption au grand jour.»

Je ne l'ai pas fait exprès.

Je suis désolé.

«Tu as dénoncé des conditions de travail inhumaines et un système de sécurité sociale aveugle. Il faut dire que dans ce trou perdu nous ne supportons la vérité sur nous-mêmes que quand elle s'exprime par des voies détournées, et par la voix d'un étranger. Regarde Neil Hardwick.»

Inconnu au bataillon.

Simo Pahvi mangeait sa pizza à partir des bords, se rapprochant peu à peu du centre où se réfugiait le meilleur, le cervelas suomi. Le lait froid coulait délicieusement dans son gosier, puis dans son estomac.

«Je veux t'enrôler avant que mes copieurs y pensent. Heureusement qu'ils ont besoin d'une agence de publicité pour leur campagne. Moi, un paquet de cigarettes me suffit.»

Simo Pahvi aspergea sa pizza de tabasco et de parmesan et sourit d'un sourire de gros chien.

«Les socialistes, la droite bourgeoise, le parti chrétien, les verts. Toujours à me copier.»

Une bouille plate, comme si elle avait été martelée à coups de poêle à frire sans autre dommage qu'un sourire encore plus large. Des cheveux gras, un nez en pied de marmite, un père tranquille comme un autre. Ne cherchant pas à se distinguer des autres, mais à se fondre dans la masse.

« J'ai dû m'investir à fond parce qu'il n'y avait rien à tirer des autres. »

Je ne comprends pas.

« Si, justement, tu comprends ! Je me coltine un paquet de gens incapables de mettre des rames sur des tolets !!! »

Tu parles métaphoriquement ?

« J'aimerais bien. J'ai fini. J'ai le ventre plein. Il reste de la nourriture. Je tends la main. Ils me mangent dans la main. Je referme le poing. Ils restent affamés. Tu comprends ça aussi ? »

Tu parles concrètement ?

« Métaphoriquement. »

Pardon, monsieur Simo, mais qu'est-ce que j'ai à voir là-dedans ?

« Vatanescu. Je ne veux pas que mes efforts soient perdus. Tu dois m'aider. J'ai besoin de toi. »

Tu as besoin d'un chauffeur ?

« Attends, j'ai tout noté. »

Simo Pahvi sortit de la poche intérieure de sa veste des paquets de cigarettes dépliés, couverts de gribouillis. Il trouva la bonne dans la poche revolver de son pantalon.

« Voilà. Tu viens d'ailleurs comme Ahtisaari. Tu es aussi onctueux que le père Mitro. Et le lapin ?! »

Ce dernier, assis sur la boîte à pizza, grignotait un bout de cervelas. Vatanescu posa sa main sur son dos et lui grattouilla le creux de la nuque.

« Seul, tu ne serais qu'un inquiétant va-nu-pieds. Et le lapin un dangereux nid à microbes. »

Simo Pahvi regarda pour la première fois longuement Vatanescu dans les yeux. Et ce dernier commença enfin à comprendre où il voulait en venir. La logique d'airain de son délirant discours.

« Mais ensemble, vous êtes encore plus touchants que ce bon père Mitro ! Bon sang, vous êtes comme Charlot et le Kid. Même moi, j'en ai la larme à l'œil... Et c'est ça le truc, Vatanescu. Tu fais rire et pleurer les gens. Tu es un survivant, un battant. Tu es tout un chacun. Ni chafouin ni tire-au-flanc. Tu n'es pas un voleur, même s'il t'est arrivé d'emprunter la voiture d'un Suédois. »

Esko Sirpale regarda Vatanescu dans le rétroviseur et hocha la tête. C'était à l'évidence leur projet commun, un travail d'équipe, de sa conception à sa réalisation, comme toutes les campagnes électorales de Simo Pahvi.

« Savoir faire rire et pleurer, dit ce dernier, c'est comme avoir un coffre-fort ouvert devant soi. Un réservoir inépuisable de voix. Les larmes et la joie, mêlées, sont une source de foi et d'espérance. C'est ça, la vie. Des rêves, des croyances, des espoirs. La politique, c'est apprendre à les connaître et promettre qu'ils seront exaucés. »

Chapitre dixième

où Vatanescu fait griller du poulet mariné au miel et forme son gouvernement

Sur son vélo à trois vitesses, Miklos Vatanescu rapporta à la maison le courrier qu'il était allé chercher dans la boîte aux lettres. Dans la pile posée sur son porte-bagages se trouvaient un grand quotidien national, le journal du Parti des Gens Ordinaires, une facture de téléphone portable et une carte postale envoyée de Laponie. Au dos figurait du texte :

« *Le Sicilien !!! Putain, chef de parti !!!*

Félicitations !!! Fais-nous signe quand la caravane du parti passera par ici, vous êtes toujours les bienvenus dans mon sauna, toi, ton lapin et tes copains !!! Et même ta famille entière, c'est toujours plus sympa de boire à plusieurs !!! Même si je ne bois pas, ou à peine une goutte !!! Ma femme t'envoie son bonjour !!! Tu ne le croiras pas, mais moi aussi je me suis mis à la zumba, ça donne une pêche d'enfer !!!

P.S. J'ai eu une idée de monument !!! Il y aurait un bon emplacement, devant la poste, pour une statue d'Arto Paasilinna en défricheur !!!

Bien à toi, Harri Pykström !!! »

Miklos monta le courrier dans le bureau du premier étage, comme il le faisait toutes les semaines où il habitait chez son père. Il n'y avait cependant pour l'instant dans la pièce que l'oncle Simo, qui l'invita à s'asseoir sur le fauteuil paternel. Miklos Vatanescu, le fils de son père, yeux bruns et visage grave, calme et gentil, s'assit. L'oncle Simo avait un cadeau pour lui dans son sac en plastique.

Le sac Siwa était un grand classique dans lequel Simo Pahvi transportait ses dossiers, ses contrats et quelques paquets de cigarettes vides pour prendre des notes. C'était aussi devenu le premier produit pirate au monde dont l'original, vendu 20 centimes, coûtait moins cher que la copie, qui s'arrachait à 56 euros. Simo fouilla au fond du sac et en sortit une paire de chaussures de football qu'il posa sur le bureau.

« Tu sais nouer des lacets ? »

Le garçon secoua la tête. Il avait envie de sourire. Il n'avait jamais eu que des baskets à scratchs. Il avait envie de pleurer et de crier. Papa avait tenu parole, il lui avait acheté des chaussures à crampons, et ils s'étaient retrouvés.

« Ton pied grandira, bien sûr, comme un parti peut grandir. Pas de problème, il suffira de prendre la taille au-dessus. »

Ils les essayèrent aux pieds de Miklos. Elles lui allaient parfaitement.

« Dans un parti, il faut prévoir une marge de croissance, déclara Pahvi en savourant ses propres paroles. Pas dans des chaussures à crampons. Ça pourrait faire un bon début de discours, non ? »

Il fit un double nœud aux lacets et dit au garçon de courir un peu, pour voir. Il froissa en boule le quotidien du jour et le jeta sur le sol. Miklos souleva le ballon improvisé avec la pointe d'un pied et le talon de l'autre et le fit rebondir quelques centaines de fois.

« Trouve-toi un maillot dans l'autre sac. »

D'une frappe bien ajustée, Miklos Vatanescu envoya la boule dans la corbeille à papier, puis s'assit comme le font les enfants, les fesses par terre, les jambes repliées sur les côtés. Il examina les maillots de différentes couleurs et se décida pour le numéro dix du Brésil. Un choix intelligent, selon Pahvi.

« Une équipe de qualité, impartiale. Multicolore. Comme la Suède, mais plus lointaine. Pas de contentieux historique avec la Finlande. »

Miklos trouva d'abord le contact du tissu sur sa peau un peu rêche, mais, quand il vit son reflet dans le miroir, il oublia ses démangeaisons. Des chaussures à crampons et un maillot, le plus beau jour de sa vie à Nurmijärvi.

« On va garder le maillot finlandais pour des moments plus importants, déclara Pahvi. Allons voir en bas comment grille le poulet. »

Debout sur la pelouse fraîchement tondue, la mère de Vatanescu regarda à sa droite, puis à sa gauche. Des deux côtés s'étendaient des rangées de maisons identiques entourées de grands jardins, comme dans tous les quartiers résidentiels de Nurmijärvi. Elle se tenait dehors car elle ne s'habituait pas au chauffage par le sol. C'était comme si les flammes de l'enfer brûlaient sous vos pieds. Vatanescu avait essayé de lui expliquer que c'était non seulement une solution économe en énergie, mais aussi un symbole d'accession à la classe moyenne. On allait de l'avant, comme l'avait dit un hockeyeur finlandais lors de la campagne électorale de Vatanescu. Le progrès allait dans ce sens : feu de camp, cabane enfumée, cheminée à accumulation, chaudière à mazout. Et maintenant chauffage par le sol associé à une pompe à chaleur et à une chaudière à granulés de bois, comme il en avait chez lui. Mais la mère de Vatanescu ne s'était pas laissé convaincre, elle préférait avoir de la glaise sous les pieds.

Vatanescu avait résolu le problème de logement de sa mère en achetant dans son village natal la chaumine de Tudos Komar. On l'avait démontée madrier par madrier et transportée à Nurmijärvi. À l'ombre de trois grands pins, dans l'angle nord-ouest du jardin. Et c'était là que Jeffersson et Õunap l'assemblaient déjà, les marteaux résonnaient, les madriers numérotés retrouvaient leur place et on en taillait de neufs pour remplacer les plus vermoulus. Tudos Komar avait gagné au change des maisons jumelles financées par la mission diplomatique et la délégation commerciale finlandaises. Il s'était installé dans l'une, tous les esprits surnaturels qu'il connaissait dans l'autre. L'ambassade avait organisé pour l'inauguration du bâtiment une fête où l'on avait mangé quelques cochons entiers et bu de l'alcool de prune distillé par le maître des lieux.

Mais la mère de Vatanescu n'était toujours pas satisfaite, la maison avait gardé l'odeur de Tudos et de ses fantômes intranquilles.

Elle pivota sur ses talons, le soleil brillait d'un éclat aveuglant, mais sans réchauffer l'air comme chez elle. Ici, les gens avaient en même temps froid et chaud.

Elle vit sur le perron du pavillon du fond du jardin l'ex-femme de son fils, Maria, que le chauffage par le sol ne dérangeait absolument pas. Ç'avait été le seul moyen d'organiser efficacement la garde alternée de Miklos Vatanescu, qui habitait une semaine sur deux dans la maison de son père, ou bien l'accompagnait dans ses voyages professionnels, et le reste du temps dans le pavillon de sa mère.

Maria salua maman Vatanescu, qui grogna, cracha trois fois par-dessus son épaule gauche, puis son épaule droite, puis par terre devant elle, et claqua trois fois des doigts de la main droite. Elle gardait ses distances, si l'on peut dire, en maudissant son ex-belle-fille. Maria haussa les épaules, chaussa ses lunettes de soleil et s'installa dans le hamac du jardin.

Maman Vatanescu se tourna une nouvelle fois, tentant de savoir d'où venait le vent. Son regard tomba sur la maison de son fils, un bâtiment préfabriqué aux murs droits, de trois cents mètres carrés. À ses yeux, la bâtisse manquait de passé et de caractère, en dépit de tout son confort. Mais chaque génération a ses aspirations et ses habitudes, qui rendent invariablement la précédente perplexe. Vatanescu était pourtant toujours lui-même, malgré les aléas de la vie. Les mêmes cheveux bouclés et, dans le souvenir de sa mère, ses pleurs et ses rires d'enfant.

Elle fit quelques pas, appuyée sur sa canne. Celle-ci n'était plus taillée dans un bout de bois noueux, comme chez elle, mais portait l'inscription « Centre de santé publique » et pouvait au besoin être équipée d'une pointe ferrée. On lui avait aussi proposé un rollator, ainsi que la livraison de repas à domicile, mais elle n'en voulait pas et s'était dépêtrée du problème par quelques crachats rituels.

Miklos tourna en courant le coin de la maison, dribblant dans son maillot neuf, ses chaussures brillantes aux pieds. Le ballon était comme un prolongement de lui-même, une main ou une tête, depuis toujours. Un gamin démerde, comme on disait chez les Vatanescu. Il avait une spécialité : en pleine course, il soulevait le ballon sur son cou de pied et effectuait un retourné acrobatique dont l'énergie cinétique l'envoyait à une vitesse foudroyante dans la lucarne.

Miklos fit un petit pont à sa grand-mère et expédia le ballon loin vers le bas du jardin, au bord de l'eau. Simo Pahvi arriva lui aussi en courant, essoufflé, les manches de sa chemise relevées, les lunettes embuées. Il salua la mère de Vatanescu, qui hocha presque imperceptiblement la tête. Elle trouvait suspectes les verrues qu'il avait dans le cou et n'aimait pas, plus généralement, son allure de morse.

Elle monta les marches de la terrasse.

Puis demanda à son fils à quoi il pensait — son désarroi se sentait jusqu'au milieu du jardin.

Tant de choses nouvelles. Tant à apprendre.

« Personne n'apprend la politique en un jour. »

Non, ça. Le mode d'emploi de ce barbecue.

Pour sa pendaison de crémaillère, Simo Pahvi avait offert à Vatanescu un énorme barbecue à gaz et un trampoline pour Miklos.

« Et pour le reste ? Mon fils, où en es-tu ? À l'intérieur. Dans ton cœur. »

Je n'ai plus peur de la mort.

J'ai de la vie autour de moi.

La prestidigitatrice ne m'a pas recontacté. Peut-être n'ose-t-elle pas ?

Et si je lui téléphonais ? J'aurai peut-être un jour du temps pour l'amour. Même si la politique doit passer avant tout, d'après Simo.

Le paquet cadeau de Pahvi comprenait aussi un monospace, une machine à expresso et un taille-haie. Il faut connaître les habitudes, les activités et les aspirations de l'électorat, avait-il dit. Il faut savoir parler sa langue. Si le Parti des Gens Ordinaires voulait s'ouvrir à la classe moyenne supérieure, il fallait en comprendre la nature profonde. C'était pourquoi Vatanescu devait ce soir-là faire griller au barbecue un seau entier de blancs de poulet marinés au miel.

Les genoux de Simo Pahvi craquèrent quand il monta les marches de la terrasse. Il ôta sa chemise, s'en essuya la nuque, le crâne et les replis du ventre. Puis il la jeta sur ses épaules et s'approcha de Vatanescu.

« Des problèmes ? Tu as le trac pour ce soir ? »

Comment ouvre-t-on le gaz ?

« Il y a ces bitoniaux, ici. Regarde, il faut tourner là… »

Simo Pahvi actionna les interrupteurs du barbecue et tint un instant la main au-dessus de la plaque de cuisson. Il cracha dessus et, quand sa salive se mit à bouillir, demanda à Vatanescu d'ouvrir les sachets de poulet mariné.

«Tu vas voir, c'est facile.»

Vatanescu s'assit à côté de sa mère sur le banc acheté au centre commercial avec le reste des meubles de jardin. Elle lui prit la main. Ils regardèrent Miklos qui courait sur la pelouse avec le lapin. Ils se passaient le ballon, jusqu'à ce que le garçon shoote en direction d'un arbre, d'un mur ou de sa mère se balançant dans son hamac. On avait aussi construit sa propre maison au lapin, en bordure de la forêt, avec un petit carré de carottes à côté.

Mon fils les a eues.

Ses chaussures à crampons.

«Voilà, comme ça, dit Pahvi, penché sur le barbecue. Il ne faut pas trop serrer les morceaux de barbaque, pour avoir la place de les retourner et éviter que la plaque refroidisse. Quand du liquide commence à perler à la surface, c'est le moment de les faire griller de l'autre côté. En même temps, pour le poulet, ça n'a pas tellement d'importance, on peut retourner les morceaux comme on veut — un peu comme les adversaires politiques. Certains préfèrent une viande plus moelleuse, d'autres plus sèche. Pareil pour les femmes.»

Pahvi éclata d'un gros rire contagieux qui fit tressaillir les muscles de son ventre et trembler la terrasse.

«On va manger dans des assiettes en carton pour que ces dames n'aient pas à faire la vaisselle. Avec Pahvi, facilitez-vous la vie!»

J'ai réussi, maman. Pour une fois.

« Tu réussis tout ce que tu entreprends », dit maman Vatanescu.

Pas jusqu'ici.

« Mais dorénavant si. Crois-moi. Je sais de quoi je parle. Je t'ai mis au monde. »

Iegor Kugar était enfermé dans la cellule d'un pénitencier, au cœur de la mère Russie, au milieu des tourbières, de la taïga, de la merzlota et de cabanes en ruine. Il n'avait plus de machine à écrire, mais il continuait obstinément à raconter son histoire, avec un bout de crayon noir, dans des marges de psautier ou tout autre bout de papier vierge sur lequel il pouvait mettre la main. Il conservait tous ses écrits, à la manière de Papillon, dans un «plan» qu'il dissimulait soigneusement dans un endroit que les rayons du solarium ne pouvaient pas atteindre.

Mais laissons-le raconter la suite, ainsi qu'elle a été publiée dans le livre qui l'a rendu mondialement célèbre, *Les truands ont la peau dure*.

«J'étais un prisonnier politique. J'en avais parlé avec Khodorkovski et je peux dire que je n'avais pas été condamné parce que j'avais suriné Vatanescu, mais parce que j'avais nui à l'image du tsar. Lui seul est autorisé à déshonorer la Russie à l'étranger. Je vivais donc à la dure dans ce nid à chtouille et à chaude-pisse de l'autre côté du coude de la Volga. Pas terrible, et même vraiment merdique. Tous les matins, au réveil, j'avais l'impression d'être sur le tournage d'*Une journée d'Ivan Denissovitch*. Pas dans le rôle du héros, non, mais dans celui d'un figurant lambda ramassé dans la rue et oublié dans un vrai camp alors que ce ne devait être qu'une panouille d'une journée.

Et puis j'ai reçu une lettre.

C'était bien la première fois. Je me suis dit que ça devait être ma mère, qu'elle n'avait plus de pognon ou qu'elle voulait une avance pour son propre enterrement.

Ce n'était pas ma dabuche, c'était Vatanescu.

Il y avait un truc, sur l'enveloppe, qui ressemblait à une photo de fan ou un portrait de ministre. Une image un peu kitsch, Vatanescu avec le lapin, au milieu d'une rangée de mecs en costume noir. J'ai d'abord trouvé la blague plutôt trash, comme de retourner le couteau dans la plaie, mais il y avait en plus toute une lettre.

Vatanescu m'écrivait qu'il était au courant de mon projet de mémoires et qu'il était prêt à me trouver un éditeur, peut-être Johnny Kniga, ou Bonniers, ou directement le marché américain.

Whaaaaat ??? !!!

J'avoue que ça m'en a bouché un coin, mais ce n'était que le début. Vatanescu disait aussi qu'il avait négocié ma libération. Il avait tellement d'influence à l'ONU, à Greenpeace, à Amnesty et dans la politique étrangère des États-Unis que me tirer de là avait été facile. Il y avait dans l'enveloppe des instructions pour le voyage. Pour commencer, un hélicoptère me conduirait à Saint-Pétersbourg. Là-bas, on me donnerait des vêtements propres, un passeport en règle et un billet de train.

Whaaaaaaaaaaaaat ??? !!! »

Et Iegor Kugar retourna donc en Finlande, où l'attendait son premier emploi véritable. On lui remit un certificat de retenue fiscale à la source, un abonnement à une compagnie de taxis et une carte d'identité. On lui avait réservé un poste important dans le premier gouvernement de Vatanescu.

« C'est sûr que je connaissais bien l'âme, les mœurs et les habitudes du peuple russe et que je maîtrisais la langue et les codes sociaux. J'ai dit comme l'homme de Del Monte. Oui ! J'accepte d'être expert en relations est-ouest. »

La Mercedes à un million emmenait notre héros repu de poulet mariné au miel vers le centre minéral de la ville. À dater de ce jour, ses repas seraient cuisinés par le chef Ming Po, qui utiliserait les meilleurs produits du pays pour combiner à l'infini les merveilles et les spécialités des sept grandes gastronomies du monde. Quand il préparerait des marinades, il n'y mettrait que le meilleur miel bio de Mäntsälä, de la sauce de soja d'Okinawa et du sirop d'érable du Canada.

Esko Sirpale conduisait la voiture, Jesus Mähönen à côté de lui. Vatanescu, Miklos et Pahvi étaient assis à l'arrière. Le lapin passait de l'un à l'autre, à la recherche des genoux les plus accueillants, et s'arrêta pour se faire grattouiller par Miklos.

Simo Pahvi promenait son crayon de charpentier au dos d'un paquet de cigarettes, souriant d'un air satisfait. Il marquerait de son empreinte l'histoire du populisme, changement de cap complet, c'était le passage du Nord-Est qu'on ouvrait. Ce n'était pas un retournement de veste, mais une renaissance. On se souviendrait de lui comme du chef de parti qui avait préféré Vatanescu à l'étroitesse d'esprit, au chauvinisme et au racisme. Sans rien abandonner de l'idée fondatrice du Parti des Gens Ordinaires, car Vatanescu était plus ordinaire qu'ordinaire. Le concept du populisme positif, né dans la petite Finlande, s'était rapidement diffusé dans le monde et conquérait à chaque instant de nouveaux secteurs. Le modèle intéressait le premier ministre italien ainsi que plusieurs partis en Belgique, en France et aux Pays-Bas. On avait reçu des États-Unis des fax des démocrates et des républicains. Les sympathisants du parti n'étaient plus uniquement des amateurs de daube carélienne, ils avaient appris à aimer la fusion food. Grâce à Vatanescu, Simo Pahvi avait réglé la question de son avenir et de celui de son mouvement, et rendu en même temps inutiles tous les autres partis.

« Tout change, ça ferait un bon titre pour ton discours télévisé de ce soir », suggéra Pahvi.

Tout change de mains.

« Trop plat, dit Esko Sirpale. Il faudrait quelque chose de plus percutant.

— On a besoin d'un mot de plus, dit Jesus Mähönen. Trois suffisent, le tout est de savoir lesquels.

— Le ballon, dit Miklos en apercevant par la fenêtre un stade de football. Est-ce qu'on a pris le ballon ? »

Le ballon change de mains.

« Bon sang, Vatanescu, c'est ça ! » s'écria Pahvi et il écrivit la phrase sur son paquet de cigarettes. « Tu vas décliner cette image pendant toute ta mandature. On a donné le coup d'envoi. Maintenant le ballon circule. »

L'homme est un ballon.

Parfois vide, mais qu'on peut regonfler.

« Parfait. Continue. »

Quand un ballon rencontre un mur, il rebondit. Un ballon est toujours plus rapide qu'un homme.

« Exactement. »

Et qu'est-ce que ça signifie ?

« Ne t'en fais pas. Le peuple remplira les blancs. Et les urnes. »

Vatanescu hocha la tête.

« Tire des exemples de ta propre vie. En toutes circonstances. Si on te demande comment résoudre le problème de la mendicité, raconte ce qu'il en a été pour toi. »

Je voulais des chaussures.

J'ai eu un ballon en prime.

« Et rappelle-toi qui tu es. »

Vatanescu ?

« Tu es l'avenir. Tu es moi. Rappelle-toi ce que tu vaux. »

Qu'est-ce que je vaux ?

« Salaire de catégorie A1, compétence et irremplaçabilité idem. »

La Mercedes à un million roulait à soixante-dix à l'heure sur la route n° 3, Esko Sirpale n'osait plus la pousser au-delà. Mais se déplacer lentement est plus impressionnant, plus digne et plus intemporel que foncer pied au plancher. Un œil sur ses chaussures à crampons, Miklos Vatanescu grattouillait le lapin sous le menton. Pahvi sortit des cravates de son sac Siwa et les essaya au cou de Vatanescu.

« Putain. La cravate te va encore plus mal qu'à

moi. Ce serait exactement pareil si on décidait de se balader en survêt, non ? »

Ou en combinaison de motoneige.

« Je suis le président. À partir de ce soir, tu es le premier ministre. Il y a eu la ligne Paasikivi et la ligne Kekkonen. Nous, les gars, on va adopter la ligne survêt. »

À ce moment, le téléphone portable de Vatanescu sonna. Ne sachant pas répondre, il le tendit à son fils. Miklos appuya sur le bouton vert, écouta un instant et dit à son père :

« Une dénommée Sanna. »

Miklos est né dans les mains de sa grand-mère.

Anneli est née dans les mains de la sage-femme de garde. Neuf mois exactement après notre voyage en train.

J'ai coupé le cordon ombilical.

Une toute petite fille, la créature la plus surprenante et la plus étrangère du monde, exigeante et colérique. Et pourtant la plus proche et la plus familière.

Elle aura tout dès le début.

Une naissance n'a rien d'extraordinaire. Le phénomène est le même depuis la nuit des temps et le sera jusqu'à leur fin, jusqu'au dernier être humain. Une nécessité, et le but de la vie.

Ce qui est extraordinaire, c'est l'attention portée à Sanna et au bébé, à ce que la mère et l'enfant vivent. Aux chiffres des appareils de mesure, aux résultats des analyses sanguines. À la respiration, à l'appétit, à la prise de poids. À la perpétuation de la vie. À l'augmentation du nombre des contribuables.

J'ai maintenant un fils et une fille et ils ont tout

ce qu'il leur faut — vaccinations, jouets, barboteuses et chaussures à crampons. J'ai une maison, un crédit immobilier et une voiture à usage familial. Et bien d'autres choses encore, plus nombreuses et plus étranges que je ne l'aurais jamais imaginé. Comment souhaiter ce dont on ignore l'existence ?

Chapitre dernier

où le lapin change de mains

Ceci n'est pas un point final, car rien dans cette vie n'a de fin, sauf la vie elle-même. Et même elle se poursuit, après la décomposition, en un jaillissement de superbes fleurs ou d'insupportables mauvaises herbes que l'homme tente de maîtriser à l'aide de tondeuses et de gants jaunes. Mais il ne peut rien contre la nature, le malheureux, car il en fait partie et, vu d'assez loin, chacun de nous est une superbe fleur ou une insupportable mauvaise herbe.

Mais dans tout cela, au bout du compte, quelle est la place de l'animal, du lapin ? En a-t-il une, a-t-il un rôle et une valeur ?

Le lapin n'aimait ni les séances photo, ni les visites officielles, ni les tables somptueusement dressées. Il courait se cacher dans un placard quand des présidents, des monarques ou des dictateurs voulaient le caresser et le cajoler. Il se réfugiait dans un coin sombre quand des combattants de la liberté animale cherchaient à le sauver. Son pouls s'accélérait, il dormait mal, il gardait les oreilles couchées et avait perdu l'appétit. Quand on avait essayé de prendre d'émouvantes photos de lui et d'Anneli Vatanescu-Pommakka pour un grand article dans un magazine féminin, il avait disparu des journées entières et avait été retrouvé dans une conduite d'aération, sérieusement desséché.

Le lapin, surtout, n'aimait pas les nouvelles responsabilités de Vatanescu en tant que père, politicien et membre de l'élite du pays. Dans la hiérarchie des besoins d'un homme vivant dans des conditions normales, un lapin est un animal domestique, certes charmant et tendrement aimé, mais ce n'est plus un frère, un camarade ou un compagnon de voyage.

« Un animal ne peut pas mener une vie d'humain, disait la mère de Vatanescu. Il se plaît aussi peu que moi dans le luxe.

— Tu ne peux pas te séparer du lapin, disait de son côté Simo Pahvi. Tu lui dois la moitié de chacune de tes voix. Nous n'avons pas les moyens d'y renoncer. »

Il ne survivra pas à un seul voyage de plus à l'étranger.

« On lui trouvera des doublures. Qui s'en apercevra ? »

Je n'échangerais pas non plus mes enfants parce qu'ils craignent la nouveauté.

Mais le pire était à venir. Lors de sa visite médicale du sixième mois, on constata qu'Anneli Vatanescu-Pommakka était allergique au lait et aux animaux. L'origine de ses boutons, de ses difficultés respiratoires et de ses yeux rouges ne faisait aucun doute. Elle était née dans un monde où les poils étaient sales et superflus, contrairement à son grand frère Miklos dont l'organisme était habitué aux bêtes, aux déjections humaines et aux gros dégâts causés aux planchers par l'humidité.

« Nous ne pouvons pas le garder, dit Sanna. Tu le sais. C'est tout simplement impossible. »

C'est vrai.

C'est impossible.

Vatanescu resta muré dans le silence sept jours et sept nuits.

« Parle, dit Sanna Pommakka. Ne garde pas tout pour toi, mon amour, s'il te plaît. Comment est-ce que tu as pu devenir... si... si... si finlandais ? »

Je ne peux pas m'agiter tout le temps, il se passe bien assez de choses comme ça dans le monde.

Je n'aime pas parler.

J'aime bricoler dans le garage. Je bois une bière ou deux, parfois Pykström me téléphone, en train de faire la même chose. Je me sers un petit godet.

Et j'ai beau me creuser la tête, je ne trouve pas de solution au problème du lapin.

Qu'il advienne de lui ce qu'il doit advenir. C'est aussi ce qui m'est arrivé.

Le lapin présenta bientôt lui aussi des symptômes inquiétants. Il éternuait, avait les yeux rouges et ne supportait plus de rester à l'intérieur. Vatanescu l'emmena chez le vétérinaire, qui rendit rapidement son verdict. L'animal était allergique aux humains en bas âge, son système respiratoire ne supportait pas la climatisation et encore moins les vols intercontinentaux. En plus, il bougeait et dormait visiblement trop peu.

« Nous sommes face à un syndrome psychosomatique, déclara le vétérinaire. S'il s'agissait d'un humain, je lui prescrirais une cure de Cipramil. Dans son cas, je vous conseille plutôt de trouver une solution naturelle. »

Vatanescu revint de la consultation plus perplexe que jamais, sans réponse au problème, dans l'impasse.

J'ai trouvé ma place. Tous les soirs, je me couche dans mon propre lit, dans ma propre maison, parce qu'il faut avoir un chez soi à quitter et à retrouver. Partir en voyage, mais ne pas y être en permanence.

Toucher un salaire, aller chercher des provisions au supermarché, les enfants à la crèche, le journal dans la boîte aux lettres, des groseilles sur les buissons, des poissons dans un lac, des garanties auprès d'une compagnie d'assurances, des prêts à la banque, sa femme au bal, des soins à l'hôpital.

Puis rentrer chez soi.

Auprès de sa famille.

Tant qu'on n'a pas tout ça, on n'en connaît pas la valeur.

Vatanescu caressa les flancs du lapin.

Il s'aperçut que sa main tremblait, que son menton tressaillait.

Nous avons voyagé ensemble.

Mais ma maison ne peut pas être la tienne.

Sirpale stoppa la voiture devant la boîte aux lettres, où une missive attendait Vatanescu.

« Cher premier ministre,

Tu ne te rappelles pas, mais je suis Pentti Körmylä. On a dîné à la même table sur le bateau. Tu nous regardais et on s'est demandé ce que c'était que ce basané assis là. Ça m'est tout de suite revenu quand on a commencé à te voir à la télévision et à la radio. J'ai remarqué comme tu pesais tes mots. C'est une bonne chose. Et le peu que tu disais sonnait juste, ce qui n'est pas si fréquent. Avec ma femme, on a lu dans un magazine que tu étais venu ici, au départ, parce que tu avais besoin de chaussures à crampons pour ton fils. Nous en avons une paire dont nous ne faisons rien.

Ici Ulla Körmylä, bonsoir monsieur le premier ministre. C'est un peu embarrassant de vous écrire comme ça, mais avec Pentti on s'est dit que c'était maintenant ou jamais. Le fait est que nous aurions dû avoir un enfant, en 1956. On lui avait même trouvé un nom. Violetta.

Martti.

Pentti radote. Violetta, donc. Nous ne l'avons pas eu, finalement, et je ne veux pas vous ennuyer avec les détails. Vous vous préoccupez du bien de tous, mais vous ne pouvez pas vous intéresser à tous les anciens chagrins enfouis dans la vie de tous les vieux couples.

Ces détails sont malgré tout douloureux et éveillent en moi beaucoup de souvenirs que je préférerais définitivement oublier. Parce que dans l'existence il faut toujours regarder vers l'avenir. Pentti ne croit pas en la providence. Mais je n'ai jamais cherché à le faire changer d'avis, même quand il avait tort, parce que quelqu'un de beaucoup plus sage que nous a décidé que nous passerions notre vie ensemble. On ne nous a pas vraiment demandé notre avis. Mais je m'égare. Si vous les voulez, ces chaussures de football sont à vous. Voilà que Pentti réclame de nouveau le stylo.

En vrai cuir. Comme celles qu'Aulis Rytkönen portait cette année-là.

Vous pouvez venir les chercher chez nous, 597, route de la Forêt. Je les mettrais bien à la poste, mais il n'y en a plus au village. Vous pouvez bien sûr aussi faire quelque chose pour que nous ayons de nouveau un bureau de poste et une épicerie. Vous reconnaîtrez le jardin à son grand chêne. Il a été planté en 1956, cet arbre, et il s'appelle Violetta.

Martti.

On reconnaît aussi la maison à ce qu'il y a de la lumière. Les autres sont vides. Les derniers à déménager, les Hillanen, sont partis l'été où il y a eu cette invasion de moustiques, si je me souviens bien.

Cordialement,
Ulla et Pentti

P.S. La clef est sous le pot de fleurs, si nous ne sommes pas là. Fais-toi du café, il y en a toujours dans la boîte marquée Elanto. Mais on ne sort pas trop souvent de chez nous, mes genoux ne supportent pas les descentes ni ceux d'Ulla les montées.

Vatanescu avait cette lettre sur lui lorsqu'il se rendit à Lahti, un jour d'août, pour y inaugurer une foire agricole. Sur place, il mangea des saucisses grillées avec son fils, but du café dans un gobelet jetable et écouta la voix du peuple, qui était multiple et variée, tant en intensité qu'en contenu. Il avait appris à tenir sa tasse sans serrer, pour ne pas se brûler les doigts, et ne reculait plus devant le mélange de ketchup et de moutarde qui se déposait sur le papier entourant les saucisses. Simo Pahvi lui avait enseigné à maîtriser ses gestes et ses attitudes et à rire d'un rire crédible. Même quand on faisait semblant, il fallait donner une profonde impression de réelle sincérité. L'apprentissage de la langue du pays avait aussi joué un rôle essentiel, achevant d'effacer toute distance entre lui et les autochtones. Quelques mois de cours de langue intensifs sous hypnose lui avaient suffi pour comprendre et parler étonnamment bien finnois.

Il jeta son gobelet, aspira la chair de sa saucisse

et mangea même la peau. Il serra la main de délégués divers et se laissa photographier avec Miklos. À la demande des exposants, ils passèrent voir un taureau reproducteur carélien et une tondeuse à gazon autoportée fabriquée dans le Minnesota, et le club de football local fit cadeau à Miklos d'un maillot marqué au dos du numéro dix et du nom de Litmanen. Encore une tasse de café avec un élu local bavard, puis le père et le fils retrouvèrent la banquette de la Mercedes à un million.

Anneli Vatanescu-Pommakka était installée dans son siège de sécurité à la place du passager, à l'avant de la voiture, le lapin boudait dans un coin à l'arrière.

«Par le chemin des écoliers?» demanda Esko Sirpale.

Oui. Les routes de terre et les nids-de-poule me rappellent mon enfance.

«Parfait. Mais je vais mettre un peu de musique. Ça me rappelle ma jeunesse.»

Jamppa Tuominen, Finnhits, Matti et Teppo. Vatanescu avait essayé de comprendre, de s'imprégner du son de ce pays, mais sa mélancolie était telle qu'il lui restait totalement hermétique. À l'exception de chansons étrangères traduites, comme *Tsingis Khan*, dont l'interprète, Frederik, s'était produit à la fête donnée après sa victoire électorale sur la place du marché de Tapulikaupunki, à Helsinki. Et comme il chantait maintenant *Ramaya*, Vatanescu se pencha vers le siège avant pour chatouiller le petit menton de sa fille. Puis il grattouilla la nuque du lapin. Tous deux éternuèrent. Esko Sirpale ouvrit les vitres à l'avant, Vatanescu à l'arrière.

Puis il regarda le paysage, les champs, les églises en bois, les étables, les cimetières, les hauts pylônes publicitaires des centres commerciaux, les cafétérias des stations-service, les motards, les filles le nombril à l'air, les garçons en baggy, tout ce qui lui avait été totalement étranger et qui lui était maintenant familier à jamais.

Ils arrivèrent dans un bourg qui ne se distinguait des autres que par son nom et par la hauteur de son clocher. En longeant le cimetière, ils virent un écureuil escalader le tronc d'un sapin et sauter de branche en branche.

« Si on ne veut pas manquer Spécial Sports à la télé, fit remarquer Esko Sirpale, il vaudrait mieux reprendre l'autoroute. »

Nous avons une affaire plus importante à régler, l'affaire d'une vie. Miklos va entrer l'adresse dans le GPS.

597, route de la Forêt.

Sa peinture s'écaillait, mais la maison se dressait droite comme un chêne au sommet d'une petite colline. Elle avait été construite avec peu de moyens, aussi bien que possible, avec des arbres coupés dans la forêt voisine, sur un terrain sablonneux. Avec sagesse et intelligence, du rêve à sa réalisation. Il y avait un petit champ de pommes de terre et des groseilliers plantés à intervalles réguliers. Au fond du jardin, un bûcher avec deux stères de bois soigneusement empilé. Un tuyau d'arrosage, une tondeuse, une hache, une scie et une tronçonneuse.

« Qu'est-ce qu'on fait là ? » demanda Miklos à son père.

Le propriétaire connaît le prix des choses. Il ne dépend pas de leur âge.

Mais de leur utilité et de leur valeur sentimentale.

Personne ne veut perdre ce qui lui est précieux.

Celui qui a construit ce bûcher a peur de le perdre. C'est pourquoi il le protège et l'entretient.

Un couple âgé était assis sous le porche,

cheveux gris, visages ridés, l'homme en chemisette à manches courtes, la femme en robe d'été. Elle avait posé la tête sur l'épaule de son mari et ils s'aimaient avec la même tendresse que sur le bateau, entre Stockholm et Helsinki. La profondeur de leurs sentiments était telle que leur vue fit vibrer Vatanescu et tressaillir Miklos. Quand Pentti aperçut les arrivants, il se leva péniblement et leur tendit la main.

« On vous attendait d'un jour à l'autre, dit-il. De bonnes chaussures à crampons pour un bon garçon.

— Hein ? » fit Miklos

Ulla sortit de l'armoire ses plus belles tasses à anse dorée et servit du café à Vatanescu. Pour Miklos, un gobelet, du sirop de fruits et un paquet emballé dans du papier kraft, entouré d'une ficelle. Vatanescu regarda le couple, puis son fils, qui, sans rien dire, croqua une grosse bouchée de brioche. Suivie d'une deuxième et d'une troisième. Il examina les chaussures à crampons, renifla l'odeur du vrai cuir, plia la pointe. Elles étaient lourdes, d'un autre âge, grinçantes. Dans ce monde, jamais il ne les porterait, il y laisserait sa réputation et perdrait son avantage à la course, mais il avait été élevé par sa grand-mère et savait quels mots employer pour ne pas blesser le vieux couple :

« Elles sont magnifiques, dit Miklos. Sur un site d'enchères en ligne, elles vaudraient des centaines d'euros. »

Ulla prit la main de Pentti et la caressa, puis elle effleura sa joue rêche.

« Et le lapin, dit-elle, on a vraiment eu un coup de cœur pour lui. Il est là aussi ? »

Tandis qu'Ulla s'enquérait du lapin, le bébé, dans la voiture, se mit à pleurer. Esko Sirpale détacha son siège de sécurité et porta l'enfant à son père. Le lapin essaya de sauter par la portière ouverte, mais elle se referma devant son nez. Il était loin, le temps où il vagabondait librement et choisissait sa route, où sa présence était irremplaçable et où il jouait un rôle primordial dans les retournements de situation. Il était devenu un prolongement de Vatanescu, ou une peluche enfermée entre quatre murs, sans avoir voulu ni l'un ni l'autre. Il prit appui sur le levier de vitesse pour passer entre les sièges et sauter sur la plage arrière.

De là, il regarda les humains s'éloigner, avec leur bruit désagréable. S'il avait pu, le lapin se serait bouché les oreilles avec les pattes pour ne pas entendre pleurer Anneli. Les enfants des hommes étaient des créatures étranges qui parfois déféquaient, ou vomissaient, ou lâchaient des sourires dont il savait que ce n'étaient que des crampes d'estomac. Et pourtant, ils éveillaient chez ceux qui s'en occupaient un amour immense et un puissant désir de protection qui se traduisaient en pratique par des maisons, des voitures, des assurances, des résidences d'été, des villages de vacances, des aires de jeux, des écoles et des parcs d'attractions. Le lapin ne comprenait pas ces pleurs, car les animaux n'en versent pas, ils apprennent tout de suite à marcher et à survivre, ils n'ont pas le temps de sangloter, avec toujours quelque part en embuscade un renard, un chasseur ou un faucon.

Mais ce n'étaient pas des larmes, plutôt un ordre et une exigence.

Anneli exprimait sa faim, et elle agita son petit poing en l'air pour le confirmer.

Ulla se leva de sa chaise pour regarder l'enfant et lui fredonner une chanson. L'horloge de parquet tictaquait. Le réfrigérateur ronflait par moments, tout comme Pentti, et Ulla toucha le bout du nez d'Anneli Vatanescu-Pommakka, dont les cris cessèrent un instant. Vatanescu prit le bébé sur ses genoux et le berça tout en sortant de sa sacoche un biberon et du lait maternisé. Il dévissa la tétine d'un geste expert, ouvrit avec les dents le paquet de lait et versa la dose voulue dans le biberon.

Bois ton lait, ma petiote, engendrée dans un train.

Ils auraient fait de bons parents. Ils ont une maison prévue à cet effet, solidement construite en bois après la guerre. Des espaces intérieurs modulables, une chambre inutilisée au premier étage.

Un grand terrain boisé bien entretenu, clairement délimité. Un nombre raisonnable de bêtes sauvages nocturnes.

Un carré de carottes et un carré de pommes de terre.

Il ne leur manque qu'un enfant qui s'y trouverait bien.

Ils feront encore un jour de bons parents.

Bois ton lait, bois, ma petiote.

La fenêtre côté conducteur était restée entrouverte. Le lapin, oublié et assoiffé, réussit à se glisser dehors par la fente, puis se demanda s'il devait bondir à travers champs vers la nature ou zigzaguer désespérément au milieu de la route pour y terminer son existence comme ses congénères. Il vit Vatanescu dans la maison, le bébé sur les genoux, et Miklos qui se servait une quatrième tranche de brioche. Il observa Pentti et Ulla, Ulla et Pentti, et sentit passer à travers les vitres quelque chose de fort, quelque chose que seul un animal peut percevoir avant même qu'un seul mot ait été échangé. Il regarda le petit garçon qui s'était éveillé dans le vieil homme à l'arrivée de Miklos, et le flot de tendresse de la vieille femme face au poupon. Il s'approcha tranquillement du perron dont le béton s'effritait au fil des ans, sauta sur la première marche, puis la deuxième, passa sa petite tête par la porte et entra. Il s'avança sur le tapis en lirette, bondit sur le pied d'Esko Sirpale, et de là sur le banc de la salle, puis sur la table. Contournant un paquet de beurre, une brique de lait entier et une boîte d'anchois, il parvint devant Pentti et Ulla et s'élança sur les genoux de cette dernière. Là, le lapin tourna les yeux vers Pentti, puis vers Ulla, et renifla l'odeur de cette maison, la flanelle, la sueur, la résine, le goudron, le pain au levain et le savon au pin. Il se pelotonna en une boule familière et douce, se muant sur-le-champ en l'irremplaçable et unique Violetta ou Martti d'Ulla et de Pentti.

Le lapin change de mains, pourrions-nous dire en voyant Ulla et Pentti lui faire un nid dans une boîte en carton. La vieille Mercedes s'éloigne, pourrions-nous songer en voyant Esko Sirpale la conduire par des chemins forestiers vers la grande route, vers ce que l'avenir sera à partir de ce jour.

Esko Sirpale glisse dans l'autoradio une cassette des plus grands succès de Tapsa, et même Vatanescu connaît l'air et les paroles de la chanson, parce que c'est celle qui endort le plus sûrement Anneli Vatanescu-Pommakka, et lui aussi, comme elle endort sa nombreuse famille et la Finlande entière, car il fait bon s'endormir en l'écoutant.

À l'heure où s'éteint la lampe et où tombe la nuit noire,
Voici le marchand de sable qui frappe pour dire bonsoir…

Et dans son auto il emmène les enfants au pays bleu :
Vroum vroum, sur la jolie route bordée de rêves merveilleux.

DU MÊME AUTEUR

Aux Éditions Denoël

LES TRIBULATIONS D'UN LAPIN EN LAPONIE, 2012 (Folio nº 5603).

COLLECTION FOLIO

Dernières parutions

5466. Jack Kerouac	*Sur les origines d'une génération* suivi de *Le dernier mot*
5467. Liu Xinwu	*La Cendrillon du canal* suivi de *Poisson à face humaine*
5468. Patrick Pécherot	*Petit éloge des coins de rue*
5469. George Sand	*Le château de Pictordu*
5470. Montaigne	*Sur l'oisiveté* et autres Essais en français moderne
5471. Martin Winckler	*Petit éloge des séries télé*
5472. Rétif de La Bretonne	*La Dernière aventure d'un homme de quarante-cinq ans*
5473. Pierre Assouline	*Vies de Job*
5474. Antoine Audouard	*Le rendez-vous de Saigon*
5475. Tonino Benacquista	*Homo erectus*
5476. René Fregni	*La fiancée des corbeaux*
5477. Shilpi Somaya Gowda	*La fille secrète*
5478. Roger Grenier	*Le palais des livres*
5479. Angela Huth	*Souviens-toi de Hallows Farm*
5480. Ian McEwan	*Solaire*
5481. Orhan Pamuk	*Le musée de l'Innocence*
5482. Georges Perec	*Les mots croisés*
5483. Patrick Pécherot	*L'homme à la carabine. Esquisse*
5484. Fernando Pessoa	*L'affaire Vargas*
5485. Philippe Sollers	*Trésor d'Amour*
5487. Charles Dickens	*Contes de Noël*
5488. Christian Bobin	*Un assassin blanc comme neige*
5490. Philippe Djian	*Vengeances*
5491. Erri De Luca	*En haut à gauche*
5492. Nicolas Fargues	*Tu verras*
5493. Romain Gary	*Gros-Câlin*
5494. Jens Christian Grøndahl	*Quatre jours en mars*

5495. Jack Kerouac	*Vanité de Duluoz. Une éducation aventureuse 1939-1946*
5496. Atiq Rahimi	*Maudit soit Dostoïevski*
5497. Jean Rouaud	*Comment gagner sa vie honnêtement. La vie poétique, I*
5498. Michel Schneider	*Bleu passé*
5499. Michel Schneider	*Comme une ombre*
5500. Jorge Semprun	*L'évanouissement*
5501. Virginia Woolf	*La Chambre de Jacob*
5502. Tardi-Pennac	*La débauche*
5503. Kris et Étienne Davodeau	*Un homme est mort*
5504. Pierre Dragon et Frederik Peeters	*R G Intégrale*
5505. Erri De Luca	*Le poids du papillon*
5506. René Belleto	*Hors la loi*
5507. Roberto Calasso	*K.*
5508. Yannik Haenel	*Le sens du calme*
5509. Wang Meng	*Contes et libelles*
5510. Julian Barnes	*Pulsations*
5511. François Bizot	*Le silence du bourreau*
5512. John Cheever	*L'homme de ses rêves*
5513. David Foenkinos	*Les souvenirs*
5514. Philippe Forest	*Toute la nuit*
5515. Éric Fottorino	*Le dos crawlé*
5516. Hubert Haddad	*Opium Poppy*
5517. Maurice Leblanc	*L'Aiguille creuse*
5518. Mathieu Lindon	*Ce qu'aimer veut dire*
5519. Mathieu Lindon	*En enfance*
5520. Akira Mizubayashi	*Une langue venue d'ailleurs*
5521. Jón Kalman Stefánsson	*La tristesse des anges*
5522. Homère	*Iliade*
5523. E.M. Cioran	*Pensées étranglées* précédé du *Mauvais démiurge*
5524. Dôgen	*Corps et esprit. La Voie du zen*
5525. Maître Eckhart	*L'amour est fort comme la mort* et autres textes

5526. Jacques Ellul — *«Je suis sincère avec moi-même»* et autres lieux communs
5527. Liu An — *Du monde des hommes. De l'art de vivre parmi ses semblables.*
5528. Sénèque — *De la providence* suivi de *Lettres à Lucilius (lettres 71 à 74)*
5529. Saâdi — *Le Jardin des Fruits. Histoires édifiantes et spirituelles*
5530. Tchouang-tseu — *Joie suprême* et autres textes
5531. Jacques de Voragine — *La Légende dorée. Vie et mort de saintes illustres*
5532. Grimm — *Hänsel et Gretel* et autres contes
5533. Gabriela Adameşteanu — *Une matinée perdue*
5534. Eleanor Catton — *La répétition*
5535. Laurence Cossé — *Les amandes amères*
5536. Mircea Eliade — *À l'ombre d'une fleur de lys...*
5537. Gérard Guégan — *Fontenoy ne reviendra plus*
5538. Alexis Jenni — *L'art français de la guerre*
5539. Michèle Lesbre — *Un lac immense et blanc*
5540. Manset — *Visage d'un dieu inca*
5541. Catherine Millot — O Solitude
5542. Amos Oz — *La troisième sphère*
5543. Jean Rolin — *Le ravissement de Britney Spears*
5544. Philip Roth — *Le rabaissement*
5545. Honoré de Balzac — *Illusions perdues*
5546. Guillaume Apollinaire — *Alcools*
5547. Tahar Ben Jelloun — *Jean Genet, menteur sublime*
5548. Roberto Bolaño — *Le Troisième Reich*
5549. Michaël Ferrier — *Fukushima. Récit d'un désastre*
5550. Gilles Leroy — *Dormir avec ceux qu'on aime*
5551. Annabel Lyon — *Le juste milieu*
5552. Carole Martinez — *Du domaine des Murmures*
5553. Éric Reinhardt — *Existence*
5554. Éric Reinhardt — *Le système Victoria*
5555. Boualem Sansal — *Rue Darwin*
5556. Anne Serre — *Les débutants*
5557. Romain Gary — *Les têtes de Stéphanie*

Composition Utibi
Impression Novoprint
à Barcelone, le 8 août 2013
Dépôt légal : août 2013
ISBN 978-2-07-045201-9./Imprimé en Espagne.

260626